KB099963

궁극의
쉐프

Ultimate
chef

궁극의 쉐프 1

가프 장편소설

초판 1쇄 찍은 날 § 2016년 5월 10일
초판 1쇄 펴낸 날 § 2016년 5월 17일

지은이 § 가프
펴낸이 § 서경석

편집책임 § 조현우

펴낸곳 § 도서출판 청어람
등록번호 § 제387-1999-000006호
등록일자 § 1999. 5. 31
어람번호 § 제1-2425호

주소 § 경기도 부천시 원미구 부일로 483번길 40 서경B/D 3F (우) 14640
전화 § 032-656-4452 팩스 § 032-656-4453
http://www.chungeoram.com
E-mail § chungeorambook@daum.net

ⓒ 가프, 2016

ISBN 979-11-04-90797-5 04810
ISBN 979-11-04-90796-8 (세트)

궁극의 쉐프

Ultimate chef

가프 장편소설

FUSION FANTASTIC STORY

1

도서출판 청어람

CONTENTS

프롤로그

고작 미각을 즐겁게 하는 게 훌륭한 쉐프일까요?

그건 좀 서글프군요.

진정한 쉐프라면 요리 하나로 사람의 운명도 좌우할 수 있습니다.

사람의 몸이란 요리가 차곡차곡 쌓인 거니까요.

요리로 좌우하는 사람의 운명.

불가능하다고요?

절대 그렇지 않습니다.

지금까지 우리가 그런 쉐프를 만나지 못했을 뿐!

1장

미식가 슐런트

사각사각!

안개가 자욱한 공원의 한편, 허름한 주방에서 칼질 소리가 하루를 깨웠다.

아침 공기를 물들인 바이올린 선율이 채 사라지기 전 장태는 주방에서 소고기를 썰고 있었다. 그 안에는 잡고기가 많이 섞여 있었다. 돼지고기도 있고 닭고기도 보였다. 심지어는 염소와 달팽이, 가재살과 흑대구살 덩어리까지.

재료들은 모두 특급 호텔에서 나왔다.

그렇다고 특급 상태는 아니었다.

장태가 있는 곳은 노숙자를 위한 식당. 그렇기에 주변 특급 호텔에서 보내준 자투리 재료들이 늘, 장태의 요리 소재였다.

고개를 돌려본다. 수많은 스파이스가 눈에 들어왔다. 섬세하고 우아한 미조람에서부터 복잡 미묘한 타라곤, 환상적인 상큼미를 자랑하는 아세롤라까지 없는 게 없다.

하지만!

가만히 살펴보면 그 양은 들쭉날쭉.

그 또한 호텔에서 버린 것들을 모았기에 있기도 하고 없기도 했다.

여기는 노숙자들의 천국으로 불리는 LA 골든 하트 공원 주변 노숙자들의 무료 배식을 위탁받은 포포 레스토랑 2주방.

본 주방을 보조하는 곳이기에 안 되는 요리도, 되는 요리도 없는 곳.

100인분!

최소한의 요리 분량이다.

오늘도 그랬다. 이 요리가 남는 일은 한 번도 없었다. 남기는커녕, 언제나 아쉬움으로 끝난다. 바로 자기 줄 앞에서 음식이 떨어졌을 때, 파도가 주저앉듯 허전해지는 누군가의 그 눈빛. 그걸 알기에 어떻게든 더 많은 양을 만들어야 했다.

다다다닥!

모아진 고기를 전부 썰어내자 청홍의 피망이 차례가 왔다.

그 옆에는 셀러리와 아스파라거스가 한가득이다. 시금치도 보인다. 사실 무엇이든 상관없었다. 늘 허기진 노숙자들, 그들의 배를 위로할 수 있다면 재료는 그저 많을수록 좋았다.

다다익선!

그러면서 맛도 좋을 것!

그게 이곳의 미덕이자 필수사항이었다.

피망을 끝내고 셀러리와 아스파라거스 껍질 벗기기에 돌입. 척 잡으면 툭 던져지는 두 채소는 그새 한 겹 옷을 벗고 투명한 몸매로 변했다.

이어진 건 양파였다. 산더미 같은 양파도 하나 둘 도마 위에서 부피를 줄여갔다.

다다다다다!

이제는 손이 보이지 않는다. 쉐프 장태의 손은 팔이 여섯 달린 인도 여신 칼리 못지않게 빠르고 또 빨랐다.

스피드 업!

그 또한 이 주방이 요구하는 필살기의 하나.

팬에 불을 붙이고 올리브유를 둘렀다. 살짝 기름 피어오르는 소리가 귀를 즐겁게 만들었다. 몇 개 딸려온 버터도 함께 녹였다. 둘이 불투명한 색깔로 친해질 때,

'바로 지금!'

쇠고기 투하!

치이익!

불판에 닿으며 몸서리를 치는 고기들. 질긴 고기부터 먼저 넣고 다음으로 가재살이나 흑대구 등을 쉴 새 없이 투하. 레드 와인까지 흥건하게 들어가자 풍후한 향이 피어올랐다. 올리브유와 버터의 만남, 그 질투를 파고드는 레드 와인의 깊은 향.

그걸로도 모자라 장태, 참기름을 좌악 부어버리는 맛의 테러까지 자행해 버렸다.

흐음…….

맛있겠다.

꼴깍 군침까지 넘기는 장태.

올리브유와 참기름.

둘의 만남은 고소함의 극치를 보장하는 법. 게다가 여러 종류의 고기가 섞이며 뿜어내는 고유의 풍미는 목적을 그냥 두지 않았다.

입안 가득 넘어오는 군침을 거푸 삼키며 양파와 피망, 셀러리, 당근, 시금치 등을 단단한 순서대로 넣었다. 마지막으로 구은 소금과 달인 간장, 흑후추 등으로 간을 마무리.

"10분 전!"

작은 연결 창 너머에서 톰의 목소리가 들려왔다.

"I am ready!"

땀을 닦을 사이도 없이 장태가 화답했다. 장태는 미리 준비한 와플과 타코 껍질을 개봉했다. 아침 내내 구워낸 것들이 따끈달콤한 얼굴을 드러냈다.

셋!

둘!

하나!

카운트가 끝나자 어린 손리가 주방문을 열고 들어섰다.

"쉐프!"

장태는 그 입에 가재살을 넣어주며 힘차게 소리쳤다.

"렛츠 고!"

그 말이 신호였다. 오늘의 특식을 알리는 신호. 입안 가득 가재살을 문 손리, 은색 종을 미친 듯이 울리기 시작했다.

데엥데엥!

식사를 알리는 은 종 소리. 장태는 공원을 바라보았다. 노숙자들이 추적추적 내리는 비를 뚫고 그림자를 드리우며 나타나기 시작했다.

비 오는 아침.

달콤하게 준비된 와플과 타코.

그 안에 들어간 푸짐한 고기와 채소 범벅.

나무랄 데 없는 메뉴였다.

"줄을 서세요, 줄요!"

손리는 가젤처럼 노숙자들 사이를 뛰어다녔다. 장태의 손 또한 쉴 새 없이 팔랑거리기 시작했다.

와플 타코.

그 안에 푸짐한 속을 채우고 타코칠리소스를 듬뿍 뿌렸다.

"아흠, 맛 죽인다!"

한 입 물자 입안을 빡 쏘는 풍성한 맛에 자지러지는 왕년의 댄서 라벨라.

"푸하아!"

차마 입을 열지 못하고 맛의 입김만 뿜어내는 루퉁.

"아저씨, 한 사람에 하나씩이에요!"

하나 더 슬쩍하려는 림뽀에게 샤우팅을 작렬하는 손리. 여기서는 손리가 감독자다, 어린 감독자.

오늘도 골든 하트의 날은 밝았다. 장태 요리의 하루도 함께 밝아왔다. 와플, 타코와 함께. 날짜를 확인했다.

마침내 다가온 그날이었다.

바로 그날……

장태는 스스로에게 최면을 걸었다.

심각할 필요는 없어.

그저 요리하는 것뿐이라고.

그렇지?

가만히 들어본 넓적한 클리버 타오. 싸아한 쇠 냄새를 풍기며 공감을 표해왔다. 그러다 알았다. 주방의 구석에서 우묵하게 바라보는 시선. 스승의 눈빛⋯⋯.

장태는 스승에게 치료식을 내밀었다.

"관전하시려면 든든히 드셔야죠."

"⋯⋯."

"남기시면 안 됩니다."

이어지는 목소리는 더 높고 더 활기찼다.

날이 어두워지자 빌딩들은 사막의 신기루 위에 금가루를 뿌린 듯 화려한 기지개를 켜며 깨어났다. 천일야화처럼 수많은 이야기가 맺히고 끊겨 나가는 라스베이거스. 그리고 카지노. 이 도시는 밤이 되어야 진정한 색깔을 알 수 있었다.

하루 종일 내리던 빗발이 조금씩 잦아들었다.

큼큼!

본능 자극⋯⋯.

냄새가 났다.

카지노가 즐비한 곳.

누구든 돈과 환락의 냄새를 맡겠지만 장태는 아니었다.

그에게는 요리 냄새가 느껴졌다.

그것도 세계 최고의 쉐프들이 만들어내는 꿈의 요리 냄새⋯⋯.

캐비아를 얹은 카나페!

소꼬리로 만든 수프 콩소메!

비 오는 날에 어울리는 해물탕의 일종 부야베스!

바질과 송로버섯을 올린 송아지 스테이크 에스칼로프!

이어지는 카망베르 혹은 로크포르 치즈!

맛있겠다.

생각만으로도 군침이 넘어갈 때,

와아앙!

"꼭 잡으세요!"

장태의 상상을 깬 화물차 기사가 노련하게 커브를 돌았다.

에펠탑을 옮겨온 듯한 패리스 호텔이 지나가고 푸른색의 거대한 MGM 그랜드 호텔도 스쳐 갔다. 그 앞에 자리한 초대형 사자상은 금세라도 도약할 것만 같았다.

마지막으로 곤돌라가 떠다니는 베네치안 호텔이 스르륵 장태의 시야에서 물러섰다. 모든 것을 보았지만,

딱 하나!

도도한 금빛 풍광의 만달레이 베이 호텔은 바라보지 않았다.

장태는 시선을 돌렸다.

'너는 아직!'

바라볼 때가 아니니까.

"……"

산맥 같은 호텔들이 멀어지는 동안 스승은 아무 말도 하지 않았다. 잠시 스승을 돌아본 장태는 주변 공기를 체크했다.

비가 오는 날, 모든 것은 습기에 취해 있다. 이런 날이라면 요리 역시, 습기에 영향을 받게 마련이었다.

그렇지?

가만히, 무릎 위에 올려둔 칼지갑에게 속삭였다. 오랜 친구였던 일제 수이산 칼 대신 장태의 애도가 된 주방도. 스승이 쓰던 칼 '타오'다.

타오!

푸주칼이다. 푸주칼이 확실하다. 세로 한 뼘, 가로 두 뼘 크기의 타오는 일반적인 요리사가 쓰는 것보다 조금 컸다.

스승은 이 칼이 유일하다. 일반 쉐프들이 페어링, 보닝, 필레, 쉐프, 서레이티드 슬라이서 등의 5종 요리 칼을 사용하는데 비해 완전히 달랐다.

그가 이 칼로, 게다가 한 손만으로 육류나 물 넣은 아귀를 달아놓고 서서 썰기를 할라치면 차라리 무협의 한 장면을 보는 것 같았다. 소리도 없이, 너무나 절제된 동작 후에 잘린 결과물은 언제나 장태에게 현기증을 일으켰다.

잘 때도 품고 자던 타오. 세계 곳곳의 가난하고 어려운 이들의 입에 음식을 만들어주던 그 칼. 그의 분신 같은 칼이었지만 이제 장태의 것이 되었다.

그 의미는 비장했다. 스승의 생명이 얼마 남지 않았다는 뜻이었다. 쉐프로서의 생명이 아니라 진짜 생명. 스승은 폐암 4기에 도달해 있었다.

―뇌척수액까지 전이.

―길어야 몇 개월.

―모르핀으로도 다 제어되지 않는 통증.

스승은 세 가지 악몽을 꾸고 있었다. 주방에 버려지는 파슬리 찌꺼기보다도 작은 암세포 따위가 지상에서 가장 숭고한 쉐프의 목숨을 쪼고 있는 것이다.

부우웅!

라스베이거스 빌딩에 못지않은 거대한 트럭은 날렵하게 가로등을 끼고 돌았다. 몇 블록을 지나자 저만치에 길을 막아선 저택이 보였다. 장태의 목적지였다.

스릉!

트럭은 리무진처럼 소리도 없이 멈췄다. 흑인 기사가 스승을 돌아보았다. 집시 노숙자들의 리더, 아드리안이 딸려 보낸 그가 스승의 지시를 기다리는 것이다.

"손 쉐프!"

스승의 입이 처음으로 열렸다.

"예."

"자신 있나?"

스승이 물었다.

"제 마음은 벌써 저 주방 안에 있는 걸요?"

장태는 아까부터 저택을 쏘아보고 있었다. 주저 따위는 럭서 호텔의 레이저를 따라 대기권 밖으로 날아간 지 오래였다.

저택에는 퇴역 농구황제 샤킬 슐런트가 살고 있다. 한때는 미국 농구팬들의 우상이었던 사람. 천문학적인 연봉으로 방송을 탔던 사람.

세월의 무게에 눌려 은퇴 후 농구의 전설로 남았지만 미식계에서는 오히려 영향력이 빵빵하다. 운동선수라는 빅 이미지에 어울리지 않게 아이의 미뢰를 가진 사람. 3세계 지도자를 친구로 두고 아프리카 오지의 엽기적인 요리조차도 서슴지 않는 폭풍미식 취향!

그런 유명세 탓에 미슐렝의 별점과 프랑스 최고 요리사(MOF) 선발에도 막대한 영향력을 미친다.

때문에 각종 행사나 특급 레스토랑 쉐프들이 그를 초대하기 위해 줄을 선 형편이었다.

"어쩌면……"

스승은 저택을 바라보며 말을 이었다.

"농구공을 핵미사일 쏘듯 날릴지도 몰라."

"괜찮아요. 내가 이길 테니까요."

"맞아서 갈비뼈가 나간 사람도 있지."

"자신 있다니까요."

장태가 웃었다.

"……"

"여기서 미적거리면 우리가 겁먹은 줄 알 텐데요."

장태는 슬쩍 스승을 자극했다.

"……"

"선생님."

"그럼 내리지."

"아뇨, 더 가야죠!"

장태가 스승을 막았다.

"아드리안이 생각해서 보내준 거잖아요. 에어 덩크라도 하듯 코앞까지 살며시 밀고 가죠?"

라스베이거스 노숙자들의 리더 아드리안. 이 트럭은 그가 특별히 수배해 준 차량이었다.

"들어가시죠."

장태가 기사를 바라보았다. 기사는 밟았던 브레이크를 천천히 놓았다. 저택이 천천히 가까워졌다.

"쉐프 로엘을 만나러 왔소."

스승이 말하자 관리인은 군말 없이 게이트를 열었다. 희미한 안개등을 따라 굽이진 길을 달리자 별관 앞에 버티고 선한 남자가 보였다. 가지런한 금발에 깊게 주름진 얼굴. 장태는 그가 바로 로엘이라는 걸 바로 알아차렸다.

"왔군."

그는 한마디로 두 사람을 맞았다.

스승이 돌아보자 트럭은 좁은 길을 돌아 게이트로 나갈 준비를 마쳤다.

"아드리안이 전하라는 말이 있었어요."

잠시 멈춰선 기사가 장태와 스승을 바라보았다.

"행운을 빈답니다."

기사는 그 말과 함께 멀어졌다.

"거추장스럽게 보조까지 달고 오셨나?"

장태를 본 로엘의 입가에 차가운 미소가 스쳐 갔다. 장태의 나이 아직 약관. 보조로 볼 수도 있는 일이었다.

로엘!

강호를 떠나 개인 요리사가 되었지만 여전히 최상급 요리사 중 한 명로 회자되는 사람. 노련함이 백발로 내려앉은 그였기에 중압감이 적지 않았다.

"처음 뵙겠습니다."

장태는 공손하게 인사를 마쳤다.

"오랜만이군요."

스승도 함께 묵례를 했다.

"몸은 어떤가. 손을 좀 상했다고 들었는데?"

"괜찮습니다."

스승이 손을 들어 보였다. 왼손에만 낀 하얀 장갑이 파르라니 빛났다.

"다행이군."

"슐런트는요?"

스승이 물었다.

"안에 있네."

로엘이 앞서 걸었다.

퇴역 농구황제의 저택. 그 이름답게 군데군데 농구공이 뒹굴고 있었다.

회랑식으로 이어지는 복도에 그림이 보였다. 폴 세잔의 '에스타크 마르세유의 골프만'이다. 짭쪼름한 바다 냄새가 쫀득하게 올라오는 그림이었다. 그 옆으로는 참제비고깔꽃과 푸른 양귀비가 있는 정물화…….

그림이라니, 농구판을 풍미한 스타에 어울리지 않는 취미였다. 그런 취미가 많은 그였다. 그렇기에 하버드의 누군가는 그를 모델로 논문까지 발표했다고 한다.

그림의 공통점은…….

프랑스.

그리고 셋 다 푸른 계열이었다.

똑똑!

슐런트의 방 앞에 도착한 로엘이 노크를 했다. 로엘은 현재 슐런트의 개인 요리사이다. 한때는 뉴욕 최고의 쉐프로 불렸던 사람. 그 맛에 빠진 슐런트가 아예 개인 요리사로 종신계약을 해버린 것이다.

로엘이 받은 건 최고의 대우와 함께 딸의 각막 기증. 당시 급성 녹내장으로 앞을 볼 수 없게 된 그의 딸에게 슐런트가 각막을 알선해 주었다고 한다. 물론 어떻게 구해줬는지, 사실이었는지는 두 사람만이 알 일이었다.

그때는 로엘이 뉴욕의 별이었다. 뉴요커들이 최고의 프라이드로 내세우는 유니온 스퀘어 카페의 수석 쉐프를 했던 사람. 세월이 흘렀다지만 중량감은 원숙함으로 승화되었으니 그를 이기면, 장태가 바라던 매치의 발판이 될 수 있었다.

슐런트는 테라스에서 농구공을 들고 있었다. 2미터를 살짝 넘는 거한이었다. 그 뒤 잔디 정원에 군살이라고는 찾아볼 수 없는 날렵한 체구의 집사가 보였다.

"쉐프 강, 맛의 기쁨을 알려주려 오셨다고."

독특한 푸른 정장을 갖춰 입은 그가 손을 내밀었다. 푸른 넥타이에 푸른 손수건까지 꽂았다. 나이를 먹었다지만 모델로 착각할 정도로 탄탄한 몸매. 그러나 스승은 그의 손을 잡지 않았다.

"쉐프 강!"

로엘이 악수를 재촉했다.

"슐런트와 악수할 사람은 내가 아닙니다."

스승은 담담하게 대답했다.

"오늘 우리 로엘 쉐프와 맛의 매치를 벌이러 온 게 아니었나?"

슐런트는 느긋하게, 그러나 묵직하게 응수했다.

"그건 맞습니다."

"그런데?"

"매치를 벌일 쉐프는 이쪽 손 쉐프입니다."

스승이 옆에 선 장태를 가리켰다.

"……"

슐런트의 미간이 두툼하게 일그러지는 게 보였다.

"무슨 소리를 하는 건가?"

슐런트 옆에 서 있던 로엘이 물었다.

"말 그대로입니다. 오늘 슐런트의 입맛을 매료시킬 쉐프는 여기 손 쉐프입니다."

"조크겠지?"

시든 미소를 머금은 슐런트가 물었다.

"결코……"

"쉐프 강!"

슐런트가 거한의 몸을 이끌고 일어섰다. 그는 스승을 바라보며 천천히 다가왔다.

이제는 전설이 된 농구판의 황제. 그러나 아직도 그 덩치와 근육이 주는 위압감은 좌절에 가까웠다.

"내가 원하는 건 강 쉐프 요리라오. 애송이들의 어줍잖은 퓨전 장난질이 아니라."

한 손에 거머쥔 농구공이 스승의 이마 앞에서 멈췄다. 일종의 경고 같았다.

"나보다 백배는 나은 친구입니다."

스승은 흔들리지 않았다.

"애당초 그렇게 말했다면 지금까지 배를 비워둘 내가 아니었지. 팔이 불편하다고 들었으니 보조로 쓴다면 문제없소만."

슐런트의 공이 스승의 뺨에 닿았다. 농구공으로 세단의 유리창도 깬다는 사람. 실제로 그는, 우승 축하연에 참석한 팬을 치고 달아나는 뺑소니차에 공을 던져 유리를 깬 일화도 가지고 있었다.

"보조가 필요하다면 제가 그의 보조가 되어야 합니다."

스승은 목소리로 공을 멈춰 세웠다.

"말장난을 하자는 건가?"

"새로운 맛의 세계를 만나셔야죠. 나를 처음 만났을 때 한

말처럼……."

스승 입가에 미소가 엿보였다. 보통 사람이라면 위축될 상황임에도 미소를 잊지 않는 그는 차라리 초월자로 보였다.

"쉐프 강을 처음 만났을 때?"

"기억하십니까? 유엔본부 앞의 녹색시위대. 거기서 내 요리를 처음 맛보고 천국에 온 것 같다고 한 말……."

스승이 그의 기억을 깨웠다. 여기서 물러서면 요리 대결은 커녕 미식가 한 사람을 적으로 둘 수도 있는 일이었다.

"그건 기억하네만."

공이 스승에게서 멀어졌다. 다행히 불쾌함이 가신 모양이었다.

"그때 이런 말도 하셨습니다. 언제고 내가 찾아오면 대환영하겠다고."

"내 말이 그 말이야. 그런데 지금 쉐프 강은……."

슐런트의 시선이 장태에게 옮겨갔다.

엉뚱한 놈을 내세우고 있잖아!

*　　　*　　　*

"슐런트께서 현역에서 물러났듯이 나 또한 물러났습니다. 하지만 NBA는 지금도 잘 돌아가고 있지요. 많은 후배들이 슐런트의 뒤를 이어 훌륭한 게임을 선보이고 있는데 어째서 요리에서는 세대교체하면 안 된다는 겁니까?"

스승은 그의 정곡을 제대로 찔렀다. 슐런트의 미간이 움찔하는 것으로 알 수 있었다. 누가 뭐래도 그는 명예가 뭔지는 아는 사람이었다.

"번듯한 타이틀이 없다고 해서 이 기회를 놓친다면 평생 후회할 겁니다. 여기 손 쉐프는 농구로 치면 신인왕 앤드류 위긴스에 비견되는 미다스의 손이니까요."

앤드류 위긴스.

시상식장까지 갔던 슐런트가 그를 모를 리 없었다.

"……."

"슐런트!"

"미다스의 손이라……."

"나이는 어리지만 요리의 길을 아는 쉐프입니다. 아드리안이 이미 보증했을 것이니, 그가 보증한 건 제가 아니라 이 친구입니다."

"그 말까지는 듣지 못했거든!"

"슐런트."

"좋아. 나는 지금 배가 몹시 고프니 더 실랑이할 생각은 없어."

"……."

"그러나 '다니엘'도 아니고 '미스터 차우'의 수석 쉐프도 아닌 낯선 친구의 요리 따위를 덥석 시식할 수는 없지. 내 시식 기다리는 특급 레스토랑이 몇 개인 줄은 알 텐데?"

으름장이 나왔다. 퇴역 농구황제로서가 아니라 대미식가로서의 으름장. 그는 그럴 자격이 충분한 사람이었다.

"만족하지 못하시면 입맛을 버린 대가는 제가 치르겠습니다."

"어떻게?"

"당신이 정할 수 있습니다."

"내가?"

"예."

"흐음, 라스베이거스는 도박의 도시니 내기를 거는 것도 나쁘지는 않겠지."

"……"

"그런데 어쩐다, 나는 농구선수 출신이라 농구스타일 내기밖에 모르니……."

슐런트가 손가락 위에서 돌던 공을 아귀로 잡았다. 그런 다음 반 바퀴를 도나 싶더니 농구공을 발사했다.

그건 정말 발사였다. 농구공이 그렇게 빠를 수 있다는 거, 눈으로 보기는 처음이었다.

뻐억!

공은 정원의 돌을 맞추고 튕겨 나왔다. 꽤 큰 표지석은 기

우뚝 누워 있었다. 제대로 맞는다면 어디든 박살 날 것 같은 위력이었다.

"고등학교 때 팀에서 시합에 지면 저런 벌을 받았거든. 나는 벽에 서 있고 선배들이 던지는 거야. 운이 좋으면 빗나가기도 하지. 하지만 맞으면……."

아작이지!

슐런트가 고개를 들었다. 미사일 같은 송구. 퇴역 전설이라지만 그의 슛이 빗나갈 확률은 높지 않았다.

"하겠나?"

"……."

"겁나면 돌아가시고."

슐런트가 웃는다.

"하죠."

스승이 대답했다.

"내 말은 둘 다를 가리키는 거야. 쉐프 강하고 저 친구!"

슐런트의 손가락이 장태에게 향했다.

"공은 한 사람에게 집중될지도 모르지. 그 정도 각오가 섰다면 시식에 응해드리지."

슐런트의 손에는 다시 농구공이 들려 있었다.

영향력 있는 미식가!

그들은 최상의 쉐프만큼이나 높은 대우를 받고 있었다.

"그 요리사 끝내주더군."

"내가 먹어봤는데 완전 허당이야."

어떤 레스토랑은 그들의 혀에서 운명이 바뀌기도 했다. 실제로 그런 일은 비일비재했다. 별 세 개 미슐렝 레스토랑의 별이 한 번에 날아가고, 무명의 레스토랑에 별이 뜨게도 하는 막강한 집단. 그들이 바로 명망 있는 구르메, 즉 미식가들이었다.

그들의 혀는 유명한 쉐프라면 누구도 피할 수 없는 일이었다. 더구나 슐런트는 선수시절부터 세계적인 명성을 떨친 사람. 은퇴 이후에는 자선이다 뭐다 사람들의 이목을 끌었고 최근에는 아카데미상부터 LA 명물행사로 손꼽히는 헤븐LA의 이벤트도 관여하고 있었다.

"젊은 친구……"

주방에 들어서자 로엘이 장태를 바라보았다.

"예!"

"이렇게까지 해서 뜨고 싶나?"

"……?"

"보기 딱해서 그러네. 우리 슐런트는 한다면 하는 사람이야. 재작년에도 켄터키의 한 젊은 쉐프가 찾아와서 시식해 달라고 떼를 쓰다가……"

늑골이 무너져 나갔다.

그건 장태도 알고 있었다. 그때도 농구공이 범인이었다.

괘씸죄!

슐런트는 공사를 분명히 했다. 제 주제를 모르는 사람들에게는 봐주는 게 없는 그였다.

"괜한 만용이라면 지금이라도 슐런트에게 사과하게나. 그럼 무사히 돌아갈 수 있을 걸세. 내 아들 같아서 하는 말이야."

"죄송하지만 제가 할 말은 한마디뿐입니다."

"뭔가?"

"식재료를 보여주시면 고맙겠습니다!"

"……."

장태의 차분한 응수에 로엘의 안면근육이 꿈틀거렸다.

"그러지."

로엘은 허튼 웃음을 머금고 발길을 재촉했다.

'아!'

주방에 들어서자 장태 입에서 탄식이 흘러나왔다. 벽 쪽에 도열한 세 젊은 쉐프의 단정한 위용 때문이 아니었다. 주방의 쾌적한 환경 때문이었다.

흔한 탄 내음조차 없었다. 군내와 쩐내도 없었다. 그건 로엘과 휘하 쉐프들의 실력을 방증하는 일이었다. 절제되고 정확하게 불과 기름, 오븐을 사용한다는 증거였다.

'역시……'

뿌듯했다.

구석의 쓰레기통까지 확인한 장태는 진심으로 로엘의 실력을 인정했다. 훌륭한 쉐프는 음식물 쓰레기통조차도 조리기구의 일부로 생각한다. 주방 한쪽에서 썩는 냄새가 난다면 결코 좋은 요리가 나올 수 없는 것이다.

"여길세. 뭐든 마음대로 쓰게나. 더 필요한 게 있으면 우리 쉐프들에게 물어보고!"

로엘이 식재료실의 문을 열었다.

'아!'

장태의 탄식은 한 번 더 이어졌다. 창고는 작은 식품 백화점이었다. 달팽이를 선호하는 미식가의 전용 주방답게 달팽이도 기르고 있었다. 최상급 햄으로 불리는 프로시우토부터 20개월 이상 된 쿨라텔로 햄도 물론 OK.

향신료도 마찬가지다. 유명한 타라곤에다 섬세하고 우아한 맛을 내는 마조람 가루. 나아가 인도의 피클로 불리는 아차르와……

'유자청도?'

동양의 식품까지 보이자 반가움을 넘어 경이로움에 사로잡히는 장태.

퍼펙트!

보는 것만으로도 흐뭇해졌다.

"보아하니 처음 보는 것들이 많은 모양이군."

로엘은 미소로 장태를 바라보았다. 우월감과 동정심이 묘하게 범벅된 시선이었다.

"그것도 그렇지만……. 재료 상태가 특급이라서요."

"쉐프라면, 재료 보는 안목이 이 정도는 되어야지."

"공감합니다."

인정!

"자신 있는 요리가 뭔가? 자네에게 맞춰주겠네."

한 수 접어주지.

로엘의 말은 그것이었다.

"죄송하지만……."

장태는 정중한 태도에 이은 목소리로 뒷말을 완성시켰다.

"여긴 로엘 님의 홈그라운드니 배우는 마음으로 따라가겠습니다."

"……?"

일대 반전.

내가 맞춰드리죠.

그렇게 응수한 것이다.

로엘의 눈에 강렬한 불쾌감이 스쳐 갔다. 큼, 헛기침으로 심기가 불편하다는 것을 표시한 그는 빵 한 조각과 토마토에 더해 몇 가지 토핑 재료를 뽑아 들었다. 그런 다음 장태를 느긋하게 바라보았다.

"뭘 줄 알겠나?"

"부르스게타!"

장태가 대답했다. 이탈리아식 전채로 불리는 요리였다.

다음으로 신선한 달팽이와 달걀, 피를 뺀 푸아그라와 송로버섯을 집어 들었다. 24시간 해감이 끝난 달팽이. 직접 기르기에 가능한 재료였다. 그가 다시 장태를 바라보자 조용한 미소로 응대해 주었다.

뭘 하실지 알고 있습니다.

장태의 시선을 읽어낸 로엘의 표정이 살짝 굳어갔다.

오냐, 따라올 테면 따라와 봐.

로엘의 우월감이 용솟음치는 게 보였다.

'두 번째 접시는 수란에 곁들인 달팽이 요리.'

수란은 슐런트가 즐기는 요리의 하나. 장태는 예고대로 같은 계열의 재료를 집었다. 수란이라면, 감자튀김과 함께 팔이 절단 나도록 해본 요리였다. 스승 역시 수란의 달인으로 불렸기에 기본기 또한 충실하고도 남았다.

"소스 육수는 좀 빌려 쓰겠습니다."

인사와 함께 몇 가지 기본 향신료도 챙겼다.

피식!

로엘의 입가에 스쳐 가는 미소는 명백한 비웃음이었다.

이유가 있었다. 바로, 장태가 로엘과는 달리 밋밋한 향신료를 집어 든 것이다. 게다가 버터의 양은 형편없이 많았다.

'가엾은!'

로엘이 혀를 찼다. 초짜의 미숙함으로밖에 보이지 않았다. 저래 가지고는 제 맛이 날 리 없었다.

장태는 로엘과 반대편 라인의 테이블에 자리를 잡았다.

시설 또한 군더더기 없이 배치되어 있었다. 그중에서도 플랫톱 오븐이 압도적이었다. 커다란 테이블 크기의 철판으로 만들어진 오븐은 수십 개의 소스팬과 프라이팬을 한 번에 데울 수 있을 규모였다.

속된 말로 송아지를 통째로 구워도 될 정도. 인기 절정의 구르메답게 연회도 자주 갖는 모양이었다.

'소스……'

천천히 로엘이 준비한 두 가지 기본 소스를 음미했다. 표면에 입힌 버터도 적절하고 희석 비율도 좋았다. 거품 걷어내기와 키질 등도 나무랄 데가 없어 흠 잡을 데 없는 소스가 나온 것이다.

폭풍 인정!

장태는 한 번 더 중얼거렸다.

"시작해 볼까?"

로엘의 선언과 함께 휘하 쉐프들이 부동자세를 취했다. 주방의 위계질서가 칼날 같았다. 로엘은 그렇게 요리를 시작했다.

스륵!

장태는 그제야 타오를 감싼 가죽띠를 벗겨냈다. 느리고 고요한 손짓이었다. 반들반들 손 때 묻은 푸주칼이 모습을 드러냈다.

"쉐프 강의 것을 물려받은 모양이군."

타오를 본 로엘이 웃었다. 그는 타오를 본 적이 있는 모양이었다. 그의 수하 쉐프들도 비슷한 미소를 흘렸다. 제자는 스승을 닮는다. 그건 장태도 마찬가지였다.

하지만!

여기는 주방.

요리라는 창조물을 만들어내야 하는 곳.

잡생각을 내려놓은 장태가 살포시 주방모를 눌러썼다.

시작!

어쩌면 장태의 데뷔전으로 기록될 순간.

그 라인에 나란히 선 희대의 쉐프 로엘. 그리고 장태의 요리를 기다리는 유명 미식가 슐런트. 비록 비공식이지만 요리사라면, 한 번쯤 꿈꿔볼 만한 장면이었다.

'꿈꾸던 자리에 처음으로 섰으니……'

장태는 로엘을 바라보며 조용히 뒷말을 이었다.

꿈을 이뤄야지!

2장

어떤 요리를 원하시나요

아스락바스락!

빵 굽는 냄새가 좋았다. 불에 닿은 로엘의 빵 표면은 황금빛으로 변했다.

노릇한 황금색.

보기만 해도 구미가 왈딱 당기는 색감. 그 위로 마늘향 첨가 후, 토마토와 함께 색색의 맛난 토핑이 올라갔다. 접시는 초록빛 바탕. 바닥에 검붉은 소스가 뿌려지고 스파이스로 살짝 파격을 준 스타일링으로 마무리.

로엘의 첫 번째 요리인 부르스게타 완료!

맛있겠다.

꿀꺽!

요리를 바라본 장태의 목젖이 저절로 움직였다.

보글보글!

로엘은 끓는 주전자로 옮겨 갔다. 그는 준비된 컵과 달걀을 앞으로 당겼다. 끓는 물에 소금을 미량 넣자 보글 소리가 숨을 죽였다. 손으로 감싸 실온으로 맞춘 계란이 투하되었다. 흰자가 다 풀리기 전에 로엘의 손이 물에 회오리를 일으키기 시작했다. 흰자는 시원한 동그라미를 그렸다.

모든 동작은 절제되어 있어 단 한 번도 더듬지 않았다. 스승에 버금가는 솜씨였다.

여기는 그의 주방. 사실 단순히 홈그라운드의 이점은 아니었다. 그라면, 그 어떤 낯선 주방에 옮겨 놓아도 같을 것이다. 스승이 인정하는 사람이기에.

그동안 장태는 슐런트를 바라보며 생각을 정리하고 있었다.

"뭘로 준비해 드릴까요?"

장태가 슐런트에게 물었던 말의 하나.

"프로는 질문 따위 하지 않는 거야!"

그가 응수한 말도 한마디였다.

그거면 충분했다.

슐런트의 응수를 따라 그의 식욕과 성분이 주르륵, 오미(五

味)의 오방색으로 줄을 섰기 때문이었다.

장태의 능력!

사람의 식성과 식욕을 색으로 읽어내는 능력은 사막의 우물이 장태에게 안겨준 기적. 처음에는 디테일하게 읽어내지 못했지만 이제는 거의 완전하게 적응한 장태였다.

청, 적, 황, 백, 흑색!

별빛을 닮은 다섯 가지 색분포는 슐런트의 기호와 성향을 알 수 있게 해주었다.

누구든 상관없었다. 사람이라면 음식을 먹고 사는 것. 지구상의 모든 음식은 오방색, 그 오방색 안에 오미가 있었다. 인체란 결국 그가 먹은 음식이 쌓여 이뤄진 것이다.

예외는 없었다!

황색!

슐런트 '몸' 전체가 풍기는 색감은 골드에 가까운 황색이었다. 달달한 단맛 선호도가 1등이라는 의미였다.

단맛—매운맛—신맛—쓴맛—짠맛.

순서를 세워보니 슐런트의 기호도가 적외선 색분포처럼 선명하게 보였다.

미식가답게 선명한 색감 분포를 이루는 슐런트. 육해공을 아우르는 식욕이라 극단적인 짠맛과 쓴맛만 피한다면 거북이 등딱지부터 철갑상어 등짝까지도 가리지 않고 뜯을 먹성이었다.

그런데…….

다소 문제가 있었다. 이런 먹성이라면 식욕 게이지가 90%
이상 게걸스럽게 작동할 일. 하지만 오미의 조화는 그리 안정
적이지 않았다.

단맛이 번쩍거리는가 싶으면 감칠맛이 기승을 부렸고, 매운
맛이 나오나싶더니 결국에는 온통 뒤섞여 희미해지기도 했다.

'변수가 있다.'

변수!

처음에는 몰랐던 일이었다. 그저 오방색의 기세만으로 식욕
을 읽었던 장태. 하지만 수차례 시행착오를 겪은 끝에 보다 정
교한 방법을 알아냈다. 바로 식욕 게이지와 개인의 컨디션, 즉
변수를 고려하는 것이었다.

거기서 조금 더 진전하고 있는 게 오장육부와 맛의 상관관
계. 오장은 오미와 밀접한 관계를 이루고 있었으니 오방색은
곧 건강의 바로미터에 속했다.

천천히 고개를 들던 장태, 슐런트에게서 풍기는 향수를 맡
고서야 이유를 짐작하게 되었다.

초거구의 슐런트. 언뜻 보면 캐나다의 불곰을 보는 것 같았
다. 그런 그에게 향수 냄새가 났다. 잔잔한 프로럴이었다. 그
중에서도 프랑스 동부에 많이 나는 꽃들…….

'푸른 양귀비꽃, 참제비고깔꽃, 그리고… 청보랏빛 쇠서풀

의 꽃……'

모두 푸른 계열의 꽃.

왜일까?

현재 그는 미식가였다.

그것도 유명한 미식가에 속한다.

그럼에도 불구하고, 애달프도록 잔잔한 푸른 이미지의 향수……. 입맛을 떨어뜨리는 이미지였다.

'어째서… 아!'

순간 장태의 머리에 복도에서 본 그림들이 스쳐 갔다. 지금 슐런트가 풍기는 분위기와 많이 닮았다.

그렇다면!

그는 프랑스 사람일까?

그건 아니었다.

하지만!

그의 어머니가 그랬다.

프랑스에서 건너온 그의 어머니. 온갖 고생 끝에 아들을 걸출한 농구 스타로 길러냈다.

'그래서 그림이 프랑스풍……'

프랑스 태생의 어머니와 미식의 나라 프랑스. 종합해 보면 느닷없는 일이 아니었다.

지켜보는 동안 그는, 물을 세 번이나 마셨다. 배를 잡고 억

지 트림도 했다. 바람결에 희미하게 따라오는 알코올 냄새가
역겨웠다.

'주체(酒滯)!'

원인 하나가 나왔다.

폭음에 폭식도 마다않는 대식가이자 미식가. 그렇다고 해
서 위장이 중년을 지난 나이까지 강철일 리는 없었다.

술독이었다.

근래에 마신 술이 독으로 남았다. 그래서 식욕 게이지가 만
땅을 찍지 못하고 있는 것이다.

장태는 슐런트의 상황을 한 단어로 정리했다. 무엇이든 먹
을 수 있지만 무엇도 딱히 땡기지는 않는 몸. 비까지 내리니
우수(憂愁)에 젖었다.

오미가 아니라 다른 맛이 필요하다는 신호였다.

결론은 둘 중 하나였다.

그가 선호하는 단맛의 폭발로 우수를 박살 낼 것인가. 아니
면, 우수 속에 빠뜨려 버릴 것인가?

비가 오는 날이라면…….

'아무래도 푹 적셔주는 게 낫겠지.'

퐁당!

장태의 나갈 길이 결정되었다.

그사이에 로엘의 달팽이 요리가 끝났다. 두 개의 접시에 담긴 요리는 럭셔리했다. 질 좋은 프라그라에 송로버섯까지 가미되어 최적의 풍미가 우러나왔다. 식감에 더불어 우아한 플레이팅 또한 흠잡을 데가 없었다. 슐런트가 부르스게타를 집자 토마토 위에 놓였던 송로 버섯들이 나풀 향을 뿜어냈다.

바삭!

빵은 귀여운 소리를 내며 입안으로 들어갔다.

"흐음!"

슐런트는 한 방울의 소스까지 아낌없이. 빵 조각으로 훑어 입안으로 밀어 넣었다.

"흐으흠!"

감탄사가 조금 더 커졌다.

다음은 수란에 곁들인 달팽이 구이!

수란은 아름다웠다. 흰자가 완전한 원형을 이루고 있었기 때문이었다. 고수답게 틀을 사용하지 않고도 끓는 물결 속에서 유려한 타원을 이룬 것이다.

하얀 타원 속에 수줍고 투명하게 들어찬 보름달. 노릇하게 구워진 달팽이 살 아래에는 한 장의 로크포르를 융단처럼 깔았다. 통통한 살 위에 검은 송로버섯 조각이 듬뿍 뿌려지고 그 위에 파슬리가 초록 눈으로 내린 요리.

거기에 더해!

접시 가장자리로 살짝 흘려놓은 버섯조각과 파슬리. 파격을 깬 스타일링은 숲을 지나온 달팽이의 생동감까지 재현한 빼어난 솜씨였다.

꿀꺽!

보기만 해도 혀가 먼저 반응을 했다. 저 아래의 소장까지 꿀럭거리는 것 같았다. 남의 요리를 보는 것조차 행복하기만 한 장태. 그런 장태에게 로엘의 시선이 옮겨왔다.

능력이 있다면 카피하거라!

우월감!

그가 눈으로 말했다. 우묵한 그의 눈빛에는 위엄과 자부심이 넘실거렸다.

—해볼게요.

—카피가 아니라 업그레이드를!

장태의 눈이 아이처럼 대답했다.

그사이에 수란은 슐런트의 목으로 넘어갔다. 소리도 없는 부드러움이었다. 접시에 남은 로크포르 치즈 한 점과 달팽이 고기. 푸른곰팡이 맛이 제대로 숙성된 치즈는 식욕을 돋우기에 충분해 보였다.

사실 로크포르 치즈는 깊은 맛. 너무 깊어 자칫 역겨울 수도 있다. 그러나 슐런트 같은 미식가라면 역겨움 뒤에 따라오는 진미를 알 수 있을 일이었다.

그래.

바로 이 맛이야.

슐런트의 입꼬리는 반달 모양을 그리며 만족한 표정을 지었다.

'원래는 식욕 게이지가 확 올라갈 차례……'

요리는 눈과 마음으로 먹는 것. 그렇기에 소화력보다 먼저 반응하는 게 식욕이었다. 하지만 슐런트의 식욕은 기대만큼 변하지 않았다. 주체(酒滯)가 다시 확인되었다.

로엘의 메인메뉴는 바닷가재.

가재는 냉장고 안에 있었다. 젖은 신문으로 싸고 젖은 타올로 한 번 더 두른. 그는 과연 스승이 꼽는 쉐프였다. 엉성한 쉐프처럼 얼음물에 담가 두는 실수를 하지 않은 것이다.

젖은 신문으로 싸서 냉장실에 넣어두면 1주일은 문제없다. 로엘은 암황색 갑옷에 푸른색이 아른거리는 가재를 집었다.

"이것 말일세, 자네 스승을 위해 준비한 거라네."

가재와 함께 명품 치즈를 챙기던 로엘이 말했다.

"마음이 넓으시군요."

"리츠 레스토랑이라고 들어봤나? 바다의 리츠."

"타이타닉?"

"아는군. 테르미도르를 만들 걸세."

테르미도르에 힘이 꽉 들어갔다.

테르미도르!

그 단어를 듣는 순간 장태의 머리카락이 쭈뼛 올라갔다. 테르미도르는 바닷가재살을 발라 소스에 버무린 후 껍질 속에 다시 넣고 크림소스 등을 올려 오븐에서 구워내는 요리. 요리의 이름에서 로엘이 품은 비수가 칼날을 드러낸 것이다.

건방진!

나를 뭘로 알고?

웃고 있지만, 속뜻은 그것이었다.

바닷가재요리는 비극으로 끝난 타이타닉 호의 마지막 정찬이었다. 그 배에는 세 개의 레스토랑이 있었다. 상류층을 위한 레스토랑과 하류층을 위한 레스토랑, 그리고 마지막 하나는 엄선된 요리를 내는 알라카르트 레스토랑. 이 알라카르트의 별칭이 바로 리츠였다.

1,500여 명의 엄청난 희생자를 낸 그날의 항해. 그때 리츠 레스토랑의 마지막 정찬에 오마르, 즉 바닷가재가 있었다. 바로 바닷가재를 이용한 요리 테르미도르였다. 그러니까 로엘은, 최후의 만찬이었던 요리에 빗대 스승을 굴복시킬 꿈을 꾸고 있는 것이다.

수장(水葬)!

아비규환의 타이타닉처럼!

                    *   *   *

"테르미도르는 배웠나?"

더듬이까지 손질을 끝낸 로엘이 물었다.

도발이었다.

주방보조도 아니고 명색이 쉐프인 장태에게 그런 걸 묻다
니.

"해봐야죠."

겸손하게 대꾸했다. 로엘과 장태는 마음가짐부터 달랐다.

로엘은 과시 중, 장태는 분석 중.

"혹시 근처에 꽃집이 있나요?"

장태가 물었다.

"꽃집?"

"꽃이 좀 필요해서요."

"플레이팅에 쓸 꽃이라면 저기서 골라도 될 걸세."

로엘의 손끝이 양동이를 가리켰다. 장미를 시작으로 아이리
스와 데이지 등, 그가 데코레이션에 쓰는 꽃들이 탐스럽게 보
였다.

"다른 게 필요해서요."

장태의 말을 들은 로엘은 어이없다는 표정을 지었다.

"왼쪽으로 가면 상가가 있는데 그 안에 있을 걸세."

냉소 섞인 안내가 나왔다.

"땡큐, 써!"

장태는 요리 모자를 벗어놓고 밖으로 나왔다.

마음 때문이었다.

리츠의 테르미도르. 로엘의 그 말에는 비정함이 깃들어 있었다. 그게 마음을 건드렸다. 그 티끌을 깔끔히 내려놓아야 했다. 요리는 마음이 만드는 것. 혼탁한 감정을 가지면 요리에 투영될 수밖에 없었다.

꽃을 골랐다.

습기 가득한 날이라 그런지 향이 묵직하게 느껴졌다.

큼큼 들이켜자 머리가 살짝 맑아지는 장태.

Good!

다시 주방으로 돌아왔을 때는 로엘의 테르미도르가 플레이팅까지 마친 후였다. 접시를 층층이 쌓고 드라이아이스를 깔아 환상을 연출한 명품 메인이 거기 있었다.

퍼펙트!

박수치고 싶었다.

그건 요리가 아니라 중후한 명작이었다. 바닷가재살을 단아한 깍둑썰기로 저미고 크림소스와 버터를 알맞게 끼얹어 노릇함의 극치로 구워낸 요리.

꿀꺽!

고소하게 우러나는 가재살과 풍후한 버터향, 거기에 벌꿀을 발라 산미를 살짝 조절한 구운 귤을 얇게 돌려 깔아 기품을 더 했다. 노랑 숲 안에서 붉게 요동치는 철갑, 노릇하게 변한 살점은 미칠 듯한 유혹 그 자체였다.

먹어봐.

먹어보라고.

"흐음!"

슐런트는 가재살에서 올라오는 버터의 진한 풍미와 어우러지는 바다 내음에 대만족을 표했다. 그런 다음, 천천히 향을 음미하며 시식을 시작했다.

꿀꺽!

장태 목으로 또 침이 넘어갔다.

"후우!"

슐런트의 입에서 풍족한 입김이 새어나왔다. 푸짐하고도 길게 이어지는 입김. 미식가들의 입김은 맛의 바로미터이기도 했다. 살점은 슐런트의 입안으로 미끄러지기 시작했다. 순식간이었다.

"지금까지 먹은 바닷가재 중에 더 베스트였어."

강력한 풍미와 버터의 깊은 맛에 취한 슐런트는 적당히 부른 배를 두드리더니 장태를 돌아보았다.

신인, 네 요리는?

그의 우묵한 눈이 장태를 집요하게 다그쳤다.

장태의 눈이 주전자로 향한 건 그때였다. 낮은 불에서 보글거리던 주전자가 장태를 반겼다.

"제 요리 전에 이걸 먼저 마셔주시죠!"

장태가 내민 건 검붉은 빛이 감도는 단순한 음료였다.

"뭔가?"

슐런트가 물었다.

"식욕을 돕기 위한 겁니다."

"입가심을 하라?"

그는 잔을 받아들더니 흐음 냄새부터 맡았다. 그런 다음 절반을 비우고는 잔을 내려놓았다.

"맛없군."

"죄송하지만, 제 전채가 나오기 전에 다 드셔주시면 고맙겠습니다. 아직도 두 잔쯤 더 있거든요."

"이봐!"

귀에 거슬리는 듯 슐런트의 시선이 스승을 닦아세웠다.

"오늘의 쉐프는 그입니다."

스승은 미동도 없었다. 슐런트의 눈빛이 매섭지만 속절없어 보였다.

"좋아. 무슨 수작인지는 모르지만 테이블에서는 인내해 주지. 인—내!"

슐런트가 잔을 잡는 걸 보며 장태는 비로소 요리 모자를 눌러썼다.

〈요리가 사람을 만든다!〉

스승의 좌우명을 곱씹었다. 스승은 이 말을 동학교주 최시형에게서 빌려왔다고 한다. 그가 말했다. 밥이 곧 하늘이다.

허균도 말했다. 먹는 것은 곧 몸과 생명에 관계되는 것이라고. 두 말을 합쳐 스승이 지향한 목적지는 요리의 도였단다. 장태는 그걸 배우고 싶었다.

고작 혀를 즐겁게 하는 게 쉐프의 궁극이라면 슬픈 일이었다. 적어도 쉐프라면, 스승처럼 하나의 도를 꿈꾸는 게 옳았다. 세계 각지 가난한 사람들의 현장에서 밥으로 서러움을 달래준 스승…….

'손장태!'

잠시 최면을 걸었다.

'이제 진짜 시작이야!'

진짜 시작이라고!

스스로를 격려한 장태는 손부터 씻었다.

뽀드득!

소리가 날 때까지.

이건 쉐프의 기본이자 의무, 나아가 습관이었다.

장태 역시 첫출발은 빵과 토마토였다. 다만 다른 게 하나 더 있다면 파인애플 조각이었다.

'응?'

장태를 바라보던 로엘의 미간에 힘이 들어갔다. 장태 때문이었다. 마치 복제인간이라도 된 양 로엘을 흉내 내고 있는 장태. 그런데 이건 흉내 정도가 아니라 붕어빵으로 보였다.

빵은 똑같이 구워졌다.

토마토도 똑같이 구워냈다.

다만 플레이팅은 꽤 다르게 나왔다. 장태가 선택한 건 검은 접시. 그 위에 흰 크림소스를 불규칙하게 뿌리고 빵을 깔았다. 토마토가 올라가고 로엘이 쓴 분량만큼의 송로버섯이 올라가고, 중앙에는 다만, 구운 파인애플 한 조각이 자리를 잡았다. 마무리는 초록의 허브 몇 장. 노란 파인애플 위에 올려 포인트를 주는 것으로 세팅이 끝났다.

마무리!

거기서 로엘의 미간이 한 번 더 꿈틀거렸다. 파인애플 때문이 아니었다. 장태가 데친 흰 콜리플라워를 바스러뜨려 와인식초를 뿌린 후에 토핑 사이에다 눈처럼 올려놓은 것.

콜리플라워에 와인식초를 뿌리면 상큼한 산미를 더한다. 그건 로엘도 간과한 것이었다.

거의 같은 재료였지만 결과가 다르게 나왔다.

―로엘의 것이 귀공녀라면,

―장태의 것은 원숙한 황녀.

닮은 듯 다른 부르스게타를 받아든 왕년의 농구 스타. 잠시 바라보더니 빵 한 입을 물었다. 그 눈이 살포시 흔들렸다. 그라면 모를 리 없었다. 구운 소금을 살짝 가미한 짭쪼롬한 빵 맛. 거기에 어우러지는 토마토의 풍미와 구운 파인애플의 깊은 맛.

사이사이 붙어 다니는 콜리플라워 또한 맛의 빈자리를 그냥 두지 않고 있었다.

미묘한 개성을 살려낸 신묘한 배치……. 보통 사람이라면 그냥 넘어갈 일이지만 미식가이기에 알아챌 일이었다.

"으음……."

슐런트의 목에서 짧은 신음이 밀려 나왔다.

감탄일까?

실망일까?

장태는 신경 쓰지 않았다. 식욕 게이지도 확인하지 않았다. 이건 첫 연주. 전곡을 몰아치려면 길이 멀었다.

담담하게 주전자에 물을 올리고 깨끗한 천과 스튜냄비를 준비했다. 물이 끓는 동안 달팽이를 골랐다.

킁킁!

코를 실룩거려 보는 장태.

여러 달팽이는 해감의 차이가 조금씩 달랐다. 그중에서 가장 깔끔하게 잡내가 가신 걸 골랐다. 비 냄새가 나는 숲이 가까운 곳에서 자란 놈. 여섯 번째 집어 든 달팽이가 그랬고 송로버섯이 그랬다.

촤아아!

싱싱한 숲과 바다소리가 그들에게서 출렁이고 있었다.

'타오⋯⋯.'

스승의 칼에서는 별빛이 우러나왔다.

날이 송로버섯에 닿자, 버섯이 몸서리를 쳤다. 안에 잠든 진기를 깨운 것이다. 잠자던 향이 일어나자 코끝이 알싸한 게 기분이 좋았다.

불 맛!

물 맛!

칼 맛!

그중 하나인 칼 맛이 시작되고 있었다. 피아노를 치듯 유연한 몸짓이었다. 타오는 흡사 공기처럼 날렵하게 움직였다. 그런 다음에 꺼내 든 건 세 개의 메추리알이었다.

"⋯⋯?"

로엘의 미간이 일그러지는 게 보였다.

장태가 만든 건 같은 수란이었다. 수란을 계란으로만 만들라는 법은 없었다. 하지만 계란으로도 순결하고 투명한 수란을 만들기는 쉽지 않았다. 그런데 그보다 훨씬 작은 메추리알⋯⋯.

메추리알!

장태는 메추리알에게 대화를 걸었다.

'작은 고추가 맵다는 걸 보여주렴.'

흰자와 노른자, 지상에서 가장 부드러운 포옹. 그게 바로 수란 요리의 포인트였다. 흰자는 노른자를 품은 투명한 막으로 보일 정도로만 굳어야 하는 것이다.

막 물이 끓기 직전에 주전자의 물을 걸러 스튜 냄비에 부었다. 온도는 보통의 수란을 만들 때보다 천천히 올라갔다. 그 안에 작은 알을 깨서 미끄러뜨렸다.

계란과는 아주 다른 노른자의 크기. 그렇기에 넣는 타이밍과 온도가 생명이었다. 흰자가 물과 반응해 응고되려는 찰나,

순간!

장태의 번개 같은 솜씨가 번득였다. 천분의 1의 타이밍을 맞춘 신기였다. 세 개의 수란이 말쑥하게 완성되었다.

깨물고 싶을 정도로 귀엽고 앙증맞은 수란. 그건 로엘의 둘레치기를 상대할 만한 솜씨였다.

'완성!'

수란이 끝났다. 뒤를 따라 달팽이도, 버터에 순한 허브향을 뿌려 알맞게 구워냈다. 마지막으로 우유치즈인 카망베르를 곁들인 후에 슐런트에게 건네주었다. 로엘과는 반대되는 성향의 치즈였다.

"......!"

두 번째로 로엘의 눈이 흔들렸다. 수란의 비주얼은 깜찍함의 극치였다. 앙증맞은 세 개의 노른자가 투명한 호박 보석처럼 사이좋게 어깨를 맞댄 것이다.

슐런트의 시선이 달팽이로 옮겨갔다. 로엘과 다른 점은 단한 가지. 달팽이를 구울 때, 버터를 뿌리기 직전에 살짝 태운 간장을 보탰다는 것뿐이었다.

큼큼!

냄새를 감지한 슐런트의 코가 실룩, 반응을 했다.

그때!

꾸우욱!

슐런트의 막힌 주체(酒滯)가 시원하게 뚫리는 소리가 들렸다.

뚫어뻥!

장태가 기다리던 그 소리였다.

3장

성분보다 기억을 먹으세요

꾸룩!

소리는 한 번 더 길게 이어졌다.

체면은 다소 구겨졌지만 얼굴 근육은 환하게 펴지는 슐런트. 답답하던 내장에 고속도로가 뻥 뚫린 것이다.

"드시죠."

주체(酒滯) 저격에 성공한 장태는 겸손하게 눈인사를 전하며 손을 내밀었다. 수란을 한입에 넣은 황제가 달팽이를 집었다. 몇 번 우물거리다 저작을 멈췄다.

순간!

씨익.

로엘의 입가에 회심의 미소가 스쳐 갔다. 장태가 빼먹은 향신료나 소스의 재료들.

슐런트가 그걸 놓칠 리 없지.

그의 바람이었다.

"······?"

하지만 로엘은 고개를 갸웃거리고 말았다. 슐런트가 그냥 넘어간 것이다. 조금은 심심했을 치즈 맛도 문제 삼지 않았다. 더 놀라운 건 빈 접시인 줄도 모르고 포크까지 더듬고 있다는 사실. 당연히 달팽이는 빈 껍질뿐이었다.

'뭐야?'

좀처럼 없는 일이었다.

태운 간장 소스.

마음에 걸렸다. 이제 보니 거기서 어떤 풍미가 우러난 모양이었다. 치즈도 마음에 걸리기 시작했다. 카망베르는 녹아내릴 듯 순한 치즈. 그건 과연 간장 소스와 무슨 조화를 이루었단 말인가?

"잠시만 기다리시면 메인이 나올 겁니다."

묵묵히 테이블로 돌아간 장태는 냉장실 문을 열었다. 팔뚝만 한 가재들이 보였다.

'로엘이 집어 든 건 특별히 우람한 가재.'

냉장고 안에는 눈에 띄는 가재가 몇 마리 더 있었다. 로엘과 유사한 걸 꺼냈지만, 장태는 바로 내려놓았다. 등딱지 속의 바다 냄새가 희미했다. 장태가 집어 든 건 집게발이 비교적 큰 가재였다. 뒤집어보니 배 쪽에서 녹색빛이 비쳐 나왔다. 달달하고 신선한 냄새가 났다.

좋은 해산물을 고르는 기본.

신선한 해산물은 그들이 살던 물 냄새가 나고 그렇지 않은 것들은 해산물 냄새가 난다.

〈요리란 기억을 먹는 것.〉

기운찬 바다에서 펄떡이던 가재의 생동감, 바다와 해초와 파도의 기억, 바로 그것을 먹는 것. 결코 가재살의 성분이 아니었다.

장태는 자신의 신념을 믿었다.

키득!

로엘의 쉐프들이 웅성거리는 소리가 들려왔다.

개뿔도 모르는 애송이.

웅성거림의 속뜻이었다.

장태는 그들을 바라보며 씨익 응수해 주었다.

—와인은 코르크를 벗겨봐야 아는 것.

—요리 역시 사람 입에 들어가 봐야 아는 것.

장태의 후각은 고스란히 느끼고 있었다. 그 가재에게서 알

래스카의 험난한 파도 냄새가 푸르게 출렁이고 있는 것을.

장태가 다시 타오를 잡았다. 반대편 손에는 펄떡이는 바닷가재가 보였다. 넓적한 칼날이 가재의 움직임을 따라 춤을 추었다.

사각사각!

바닷가재는 몸서리치지 않고 얌전히 칼날을 받아들였다. 타오가 지나간 곳마다 가재의 등딱지가 선명하게 반짝거렸다.

"칼은 좀 쓰는군."

스승 옆에서 로엘이 중얼거렸다.

"당신을 위해 예을 다하고 있습니다."

스승이 말했다.

"예?"

"긴장하셔야 할 겁니다."

"……."

로엘의 미간이 소리 없이 좁혀졌다. 유쾌한 기분일 리 없었다.

가재가 자글자글 익는 동안 소스가 준비되었다. 특별할 것도 없었다. 그 역시 로엘과 비슷한 재료였기 때문이었다.

승부수는 여기서 나왔다. 구운 암염에 아주 흔한 향신료 몇 가지를 살짝 태워 가재껍질에 뿌린 것. 버터조각을 한주먹 듬성듬성 올리고 한 번 더 구워준 것. 너무 사소해 눈에도 띄지 않을······.

'미친!'

로엘은 즉각 반응했다. 그건 특급 쉐프가 할 일이 아니었다. 요리를 모르는 일개 가정주부라면 몰라도.

"시식해 주시면 영광이겠습니다."

장태는 담담하게 요리를 올려놓았다. 순간, 슐런트의 미간이 쾌속으로 좁혀졌다.

"푸훗!"

로엘은 웃음을 참지 못하고 돌아서 버렸다. 척 봐도 빈약해 보였으니 쉐프의 요리라고 할 수도 없는 비주얼이었다. 장태의 요리는 그저, 가재를 단정하게 반으로 갈라 오븐에서 굽고, 거친 버터 조각을 뿌린 게 전부였다.

가재 가르는 것조차도 실패. 칼이 제대로 들어가지 않았는지 껍질은 벌어지다 말았다. 그걸 봐준다고 해도 너무나 단순한 요리였다. 붉은 껍질 안에서 보일 듯 말 듯한 속살에, 껍질 군데군데 눌어붙은 버터 덩어리는 뒷골목 식당에서 흔히 보는 그것과 다르지 않았다.

잘 봐줄 수 있는 건 단 하나.

플레이팅!

'없는 실력을 가리려고 고생했다만······.'

플레이팅만은 제법 그럴싸해 보였다. 다섯 겹으로 층층이 쌓인 접시 맨 아래에 놓인 드라이아이스. 가재 가슴 철갑 부분을 둘러싼 벌꿀 섞은 유자청. 레몬이 아니고 살짝 구운 유자청 버블이었다.

버블은 제법 모양이 좋았다. 하지만 치명적인 실수였다. 보기는 좋지만 버블에 갇힌 향을 무엇에 쓸 것인가? 슐런트는 실망스럽다는 몸짓과 함께 접시 모서리를 잡았다

시식 거부!

그 의미를 감지한 로엘의 마음속에 뿌듯함이 들불처럼 번지려는 순간,

"슐런트!"

지켜보던 장태가 비로소 입을 열었다.

"……?"

접시를 밀어내려던 슐런트가 고개를 들었다.

"3초만 기다려주십시오."

"3초?"

"이제 됐습니다."

장태가 웃었다.

바로 그때였다. 겨우 틈만 보이던 가재의 철갑이 덩크 도약을 시작하는 농구선수처럼 양쪽으로 쫘악 벌어지더니,

퐁, 밀려나온 뜨거운 증기가 덩크슛 작렬하듯 유자청 버블을 터뜨리기 시작했다.

퐁퐁!

드라이아이스와 가재 속살이 내뿜는 온도 차이. 그게 유자 버블을 터뜨리기까지 딱 3초였던 것이다. 버블이 터지자 유자 향이 주변 가득 피어올랐다. 기가 막힌 타이밍이었다.

"아!"

코를 찌르며 들어온 유자향에 슐런트가 움찔거렸다.

유자향 직격탄!

딱 한 순간 강력하게 피어오른 향이 슐런트의 정수리를 관 통했다. 신맛의 향은 몸이 무거울 때 특효. 더불어 입맛을 올 리는 효과까지 있었다.

'이것?'

이어 드러난 풍경에 슐런트가 얼어붙어 버렸다. 살짝 곁들 인 드라이아이스가 사라지면서 새로운 분위기가 연출된 것이 다.

드라이아이스의 찬 증기 때문에 멈춰있던 담백한 풍미가 열 린 속살 틈새에서 유혹을 하듯 밀려나왔다. 한없이 소박한 스 파이스 덕분에 한없이 담백한 비주얼로 변한 가재의 유혹.

'슈난!'

슈난은 슐런트의 어릴 적 애칭. 요리에서 어머니의 목소리 가 들려왔다.

'뭐하니? 엄마가 가재요리를 했어.'

'빨리 와서 식기 전에 먹으렴.'

아아!

슐런트는 어깨를 떨기 시작했다. 그 요리는 분명, 그가 어릴 때 어머니가 해준 그 요리와 닮아 있었다. 뒷골목에서 친구들과 농구를 하다 달려온 그때. 그 어떤 기교도 필요 없이 질박한, 그저 듬성듬성 버터를 뿌리고 구워내 소매를 걷어붙인 두 손으로 속살을 뜯어 입에 넣어주던 지상 최고의 맛…….

슐런트는 포크를 내려놓고 맨손으로 가재를 집어 들었다.

"슐런트……."

놀란 로엘이 토끼 눈을 떴지만 슐런트는 대미식가의 체면 따위는 아랑곳하지 않았다. 가재는 허겁지겁 그의 목으로 넘어가 버렸다. 맛을 음미하고 말 것도 없었다.

당혹 vs 느긋함!

장태와 로엘의 입장이 바뀌어 버렸다. 미소의 주인공은 장태였다. 장태는 보았다. 슐런트의 몸에 피어나는 오방색의 활기를. 그가 장태의 요리에 만족했다는 증거였다.

순식간에 가재를 먹어치운 슐런트는 빈 접시를 바라보았다. 여운은 끝난 게 아니었다.

"어머니……."

슐런트가 자신도 모르게 신음을 냈다. 그는 스파이스가 묻은 손으로 접시를 쓰다듬었다. 꿈결처럼 아련한 푸른 꽃의 몽환 때문이었다.

바삭!

슐런트의 손이 닿자 종이처럼 수줍은 소리를 내는 건 푸른 양귀비 꽃잎이었다.

―데엥.

그 옆에 한 줄로 이어진 초롱꽃은 푸른 종소리를 내는 것 같았다. 청보랏빛 쇠서풀 끝에는 참제비고깔꽃이 높은 첨탑처럼 우뚝 버티고 있었다. 사고뭉치 슐런트. 그러나 언제나 든든한 버팀목이던 어머니처럼.

"어떠셨습니까?"

슐런트 손의 경련이 멈추자 그제야 장태가 물었다. 시치미를 뚝 떼고서.

겨우 정신줄이 제자리로 돌아온 슐런트. 로엘을 바라보더니 장태에게 입을 열었다.

"이거… 더 없나?"

더 없나?

천국의 오더가 나왔다. 적어도 쉐프에게는.

"기꺼이!"

장태는 묵례와 함께 오더를 받았다. 로엘의 얼굴이 멋대로 구겨지는 건 보지 않았다. 그에 대한 예우였다.

'나이쓰!'

대신, 스승을 향해 주먹을 불끈 쥐어 보였다. 이번에는 로엘의 쉐프들도 웃지 못했다.

소리 없이 그쳐가던 비가 부슬부슬 꼬리를 잇기 시작했다.

이번에는 조금 다른 한 방울을 사용했다.

단 한 방울을 바꾼 화룡점정.

그게 전부였다.

두 번째 접시가 나왔다. 목젖이 뒤집히도록 침을 삼킨 슐런트. 양손에 포크를 들고 빠르게 가재살을 우겨넣기 시작했다.

우물!

씹는 소리가 행진곡처럼 경쾌하게 들려왔다. 물론, 로엘에게는 장송곡처럼 들릴 테지만.

"자네도 한 점 먹어보시게."

두 점을 남겨놓고서야 슐런트가 로엘에게 말했다.

"슐런트……."

"먹어보라니까!"

거푸 권유를 받은 로엘은 더 사양하지 못하고 한 점을 입으로 가져갔다.

"……!"

로엘은 참았다. 꾹 참았다. 맛의 폭풍이 입 밖으로 튀어나가려는 것을. 그런 다음 마법의 약이라도 먹은 양 천천히 굳어갔다.

'이럴 수가.'

로엘의 턱 관절이 무섭게 떨렸다. 말이 되지 않았다.

분명 같은 날 들여온 가재였다. 로엘의 것이 제일 크고 좋았다. 게다가 장태는 고작 기본 스파이스만을 집었다. 거기에 더해 버터를 거칠게 뿌려대는 만행까지 서슴지 않았었다.

'그런데……'

가재 맛의 담백함은 극한에 치달아 있었다. 소박하면서도 중후한 맛. 이건 그저 싱싱한 가재를 굽는다고 나오는 맛이 아니었다. 이번에는 첫 접시와는 다른 향까지 느껴졌다. 로엘은 혀를 더듬어 그 맛의 정체를 찾아냈다.

'꼬냑에 구운 암염?'

담백함 뒤에 여운으로 따라붙는 중후함의 정체를 파악한 로엘. 턱에서 시작된 지진이 다리까지 내려가고 말았다.

후들!

다리가 떨었다.

암염!

본래의 맛을 끌어올리는 가장 원시적이면서도 효과적인 재료. 그걸 구우면서 꼬냑을 뿌렸다. 그렇기 때문에 이렇게 깊고 고소한 감칠맛이 나온 것이다.

'아아!'

로엘은 자기 함정에 빠진 걸 알았다. 그는 알고 있었다. 슐런트가 짠 맛을 싫어한다는 것. 그러나 요리에 있어 소금은 피할 수 없는 스파이스. 의식적으로 피한 로엘에 비해 적량을 첨가해 맛을 살린 장태가 한 수 위였던 것이다.

거기에 더해!

애송이로 보았던 장태, 암염에 더한 꼬냑 한 방울로 맛의 재탕을 피했다. 인상적인 변화를 통해 반복된 요리가 주는 단조로움을 깨버린 것이다.

'이 친구……'

로엘은, 그제야 알았다. 왜 쉐프 강이 아니고 그였는지. 그가 그저 슐런트에게 시식을 받았다는 과시를 위해서 온 게 아니라는 사실을.

로엘이 혼이 나간 시선으로 장태를 바라보자, 장태는 살포시 고개를 숙여 주었다.

당신이 옳아요.

맞추셨네요. 참 잘했어요.

미치도록 느긋한 미소 속에서 해답이 반짝거렸다.

백전노장 로엘의 허를 찌른!

*   *   *

오늘 로엘의 메인은 강렬한 풍미를 살린 맛이었다. 그의 요리기법은 에두아르 니뇽법. 러시아 황제의 요리장이던 쉐프가 즐겨 쓰던 방법으로 버터를 듬뿍 사용하는 게 백미였다.

다른 쉐프라면 이런 경우 두 가지 경우로 대응한다. 같은 스파이스를 사용하되 더 강한 풍미를 내든지 아니면 버터량을 줄이는 '페르낭 푸앵'의 반대기법을 쓰든지.

모 아니면 도로 가는 것이다.

하지만 장태는 창의적인 방법을 들고 나왔다. 그게 바로 버터였다. 로엘에 못지않은 양을 넉넉하게 뿌렸지만 덩어리를 택해 가재껍질에 묻혀놓았다. 풍미는 살리되 섭취량은 많지 않도록 조절한 것.

장태는 아직 서른 미만의 신성. 그래서 로엘은 허탈감까지 들었다.

―재료만으로 본연의 맛을 극한으로 살리면 식신(食神).

―극미량의 스파이스로 재료 맛을 극한으로 끌어내면 식성(食聖).

―스파이스로 재료 맛을 극한으로 살리면 식선(食仙).

'그렇다면 이 친구?'

로엘은 정수리가 뜨끔해지는 걸 느꼈다.

"쉐프 손."

로엘이 몸서리를 치는 사이에 슐런트가 입을 열었다. 접시는 설거지가 필요 없을 정도로 말끔하게 비워져 있었다.

"예."

"우리 어디선가 본 적이 있나?"

"죄송하지만 초면입니다."

"그럼 혹시 우리 어머니는?"

"……."

슐런트의 어머니가 죽은 건 꽤 오래전 이야기. 당연히 장태가 볼 수 있는 일이 아니었다.

"로엘!"

슐런트가 로엘을 불렀다.

"예."

"누가 이겼다고 생각하나?"

"……."

로엘은 대답대신 장태를 바라보았다.

"가재껍질이 벌어지게 한 거……. 가히 신적인 타이밍이었네."

"고맙습니다."

장태가 그 말을 접수했다.

"타이밍만이었나?"

"운이 좋게도 로엘께서 저보다 조금 살맛이 떨어지는 재료를 골랐습니다."

그 말은 인정하기 곤란했다. 로엘이 고른 게 더 크고 튼실

했기 때문. 그러나 가재살이 달랐다. 장태 것에서 야성의 바다
가 고스란히 남아 있었던 것.

"결과만 본다면, 인정하네."

인정!

아니할 수 없는 일이었다.

"이 모든 게 우연은 아닐 테지?"

"아마……"

장태는 겸손한 미소로 대신했다.

"마지막은 꼬냑이었나?"

"예!"

"달팽이와 치즈도?"

"제 달팽이는 바닷가 숲 냄새가 배어 있었습니다. 크기는 작
지만 바닷가의 싱싱한 풀을 먹고 자라 맛이 달랐던 거죠. 그
달팽이에게는 건강한 기억이 있었으니까요. 대신 치즈는 약한
맛을 골랐습니다. 슐런트의 위가 아주 편한 상태는 아닌 거
같아 거푸 진한 걸 먹기는 부담이 될 것이기에……"

"치즈 이야기는 멋대로 뿌린 버터와 상반되는 말 같은데?"

"같은 맥락입니다. 거친 덩어리를 뿌려 껍질에 머물게 했으
니 풍미는 진하고 고소하되 뱃속으로 들어가는 양은 많지 않
지요."

"……!"

로엘의 어깨가 삶은 채소처럼 늘어졌다. 반론할 수 없는 단순명료한 사실. 부드러움이 강함을, 본연의 맛이 현란한 솜씨와 소스를 넘는 순간이었다.

"이제 내가 정리할 차례 같군."

듣고 있던 슐런트가 나섰다.

농구황제가 장태와 스승을 바라보았다.

판정이 나올 순간, 쉐프에게는 늘 설레고 불안한 순간이었다.

"쉐프 강, 자네가 이겼네. 아니, 정확히 말하면 자네 제자가 이긴 건가?"

마침내 슐런트의 판정이 떨어졌다.

"고맙습니다!"

스승이 묵례를 했다. 장태도 그를 따라 꾸벅 고개를 숙였다. 숙인 몸통 안에서 심장이 짜릿한 소리로 펌프질하는 소리가 들렸다.

"쉐프 손."

다시 슐런트의 시선이 장태에게 꽂혀왔다.

"예."

"설명이 더 필요하네."

"오늘 제가 한 요리 말씀이군요."

이미 짐작하던 일. 장태가 먼저 정곡을 받아들었다.

"식재료의 기억론도 인상적이고 단순한 스파이스로 본연의 맛을 끌어낸 것도 대단하지만 포인트는 오늘, 즉 Today였네. 오늘이 아니었다면, 자네가 졌을 거야."

"알고 있습니다. 저도 오늘이기에, 이런 요리를 만들었을 뿐입니다."

"······?"

슐런트의 눈이 벼락처럼 출렁거렸다. 장태는 지금 이 모든 것이 우연이 아니라고 말하고 있었다.

"오늘의 내 기호를 읽었다?"

"비가 오지 않습니까?"

"비?"

"비가 오면 기분이 가라앉고 누군가 그리워지기도 하지요. 그게 연인은 아닌 것 같았습니다. 그렇다면 누구일까요? 슐런트처럼 선 굵은 사람에게 그리움을 심어줄 사람······."

어머니!

그렇지 않나요?

장태의 눈이 남은 말을 전해주었다.

"······."

"거기에 푸른색을 좋아하시고 바다를 좋아하시는군요."

"······."

"나아가 최근에 과음에 폭식을 하면서 술에 체했습니다."

"그것까지?"

거기서 슐런트의 입이 쩌억 벌어졌다.

"죄송하지만 요리사에게 필요한 덕목 중의 두 가지가 바로 후각과 미각이라고 배웠습니다. 제 후각이 슐런트의 상황을 알게 해주었습니다."

슐런트의 식성과 식욕을 오방색으로 읽어내는 능력. 그러나 그 못지않게 후각도 뛰어난 장태였으니 영 거짓말은 아니었다.

"그럼 요리하기 전에 나를 보고 있었던 게?"

"체취를 맡고 있었습니다."

"조향사가 꽃을 보며 영감을 받듯?"

"맞습니다. 조향사가 꽃을 보며 향을 구상하듯 저도 고객을 보며 요리를 구상합니다. 그가 무엇을 먹었는지 무엇을 먹고 싶은지."

"……?"

"믿지 않으셔도 괜찮습니다. 어쨌거나 제 요리를 먹어줄 손님, 그 사람의 상황을 아는 것도 요리의 일부분일 수 있으니까요."

"그걸로 내가 어머니를 그리워하는 걸 알았다?"

"정확히는 몰랐습니다. 향수 속에 푸른 것에 대한 그리움이 있다는 것, 그 그리움이 그저 투박해 보인다는 것밖에."

"분위기로 내 마음을 유추해 냈다는 거로군?"

"그것과 복도의 그림들……. 프랑스 동부지방에서 많이 나는 꽃의 향이 느껴졌습니다."

"맞았네. 액자와 자네가 데코레이션으로 쓴 꽃들……. 프랑스 동부에서 생을 마감한 내 어머니의 정원에 가득하던 것들이었네. 어머니가 어린 시절을 보낸 그곳. 그 소박한 정원, 만지면 바스락거리는 양귀비와 종소리가 애잔하게 들릴 것 같던 초롱꽃……."

"……."

"비가 오고 속도 안 좋다 보니 나도 늙는가 싶어 어머니 생각이 났었네. 그런데 자네가 준 음료를 마시자 어머니의 손이 배를 쓸어주는 기분이 들었어. 속도 시원하게 뚫렸고."

"한국의 전통비법입니다. 쉐프 손의 아버지가 오리엔탈 닥터시거든요."

옆에 있던 스승이 부연설명을 했다.

"확실히 실력이었군."

"주체는 다른 것과 달리 잘 내려가지 않지요. 그렇다고 소화가 안 되는 것도 아니고……. 하지만 더부룩함이 있어 음식의 참맛을 느끼기 어려우니 한 번뿐인 기회에 제대로 된 평가를 받고 싶었을 뿐입니다."

"그렇다면 어째서 로엘과 같은 재료에 같은 요리로 배틀을 한 건가? 그런 수준이라면 자네만의 요리로도 겨뤄볼 만했을 텐데?"

"로엘 쉐프는 훌륭한 쉐프입니다. 그런 쉐프에게 진심 어린 승복을 얻어내기는 쉽지 않지요. 똑같은 요리로 맞붙는 게 아니라면요."

장태는 '진심 어린'을 강조했다.

"……!"

이번에는 슐런트와 로엘 두 사람의 눈동자가 동시에 뒤집혔다.

"그럼 혹시 우리 로엘이 테르미도르를 선택한 속뜻도 알고 있었나?"

슐런트가 물었다. 오래 동고동락을 한 사람답게 로엘의 마음을 간파하고 있는 모양이었다.

"제가 굳이 푸른 꽃을 사다 접시에 작은 정원을 차린 데에는 사실 한 가지 뜻이 더 숨겨져 있었습니다."

"한 가지 뜻이 더?"

"슐런트에게는 그리움을 채워주는, 그러나 쉐프 로엘에게는 심심한 화해와 위로를 드리는……. 위로를 그가 준비한 꽃으로 드릴 수는 없지요."

"……!"

슐런트가 자리를 털고 일어섰다. 이 애송이 쉐프, 질 거라는 생각은 애당초 없었던 것이다.

짝짝짝!

솥뚜껑 같은 슐런트의 손바닥에서 느리면서도 힘찬 박수가 터져 나왔다. 건성이 아니라 높은 찬사를 담은 박수였다.

"로엘!"

슐런트가 로엘을 바라보았다.

"쉐프 손의 말에 승복합니다. 슐런트의 기대에 못 미쳐 죄송합니다."

"그렇다면 내가 오늘 이 대결에 대해 한마디 촌평을 하려 하네만."

로엘의 인정을 받아낸 슐런트가 장태를 돌아보았다.

"로엘, 당신은 멋진 테르미도르 요리를 했어. 하지만 쉐프 손은 오늘, 몸에 꼭 맞는 테르미도르를 요리한 거야."

"……"

"고백하지만 절대 미식가들도 때론 기분에 좌우된다네. 미슐랭 별 세 개를 단 레스토랑의 쉐프 요리라고 해서 다 나를 만족시켰던 건 아닌 것처럼."

"……"

"이 모든 것이 우연이 아니었다면 앞으로 사는 즐거움이 하나 더 늘어날 것 같군. 이거야말로 궁극의 요리가 아닌가? 쉐프의 솜씨를 뽐내는 요리가 아니라 먹는 사람, 오직 그 사람을 위하는 요리······."

슐런트의 판정이 내려졌다.

그가 내미는 손을 잡자,

따라라따단!

장태의 머릿속에서 장쾌한 카텐차가 울려 퍼지기 시작했다. 기분 죽여주는 승리의 찬가였다.

환상의 음악을 들으며 슐런트의 저택을 나왔다. 슐런트가 롤스로이스로 배웅해 주겠다는 말은 살포시 거절해 버렸다. 거절한 건 그것만이 아니었다.

"노숙자 식당에서 일한다고?"

"예!"

"장소는 상관없으니 한 계절에 한 번 정도 내 예약을 받아 주지 않을 텐가?"

미식가의 예약!

번듯한 레스토랑의 쉐프도 아닌 장태에게서는 굉장한 영광이었다. 하지만 다른 선결과제가 있었다.

"고맙지만 저는 만들레이 베이의 크리스 쉐프와 겨뤄야 합니다. 그 대결이 끝난 후에 노숙자 쉼터를 찾아주시면 정성껏 대접해 드리겠습니다."

"크리스 쉐프?"

슐런트와 더불어 로엘의 눈동자까지 휘둥그레졌다.

어쩌면 스승에게는 조금 경솔하게 비칠 일. 그럼에도 불구하고 굳이 질러놓는 건 계산이 깔린 의도였다.

"오늘의 상(賞)으로 혹시 크리스 쉐프에게 연락이 오면 추천해 주실 수 있겠습니까? 제가 그렇게 가치 없는 쉐프는 아니라는 거."

"No, Problem!"

"Thanks!"

"꼭 이기게. 다음 요리가 미치도록 궁금해지는군."

퇴역 농구황제의 기대감은 에어 덩크가 폭발하기 직전과 닮아 있었다.

4장

더티 쉐프

"선생님!"

넓은 도로로 나오고 나서야 장태의 입이 열렸다. 스승의 소감은 궁금하지 않았다. 그보다 더 중요한 게 있는 까닭이었다.

통증!

폐암 4기의 스승이었다.

시도 때도 없이 엄습하는 스승의 통증. 모르핀과 패치로도 제어되지 않는 극한. 장태의 통증감소 치료식이 조금씩 효과를 보고 있지만 그 독한 놈이 요리 배틀이라고 얌전을 떨었을

리가 없었다.

그러나 요리하는 내내 스승의 얼굴은 구겨지지 않았다. 그렇다면 오직 한 가지, 죽을힘으로 인내하고 있다는 것 외에는 답이 없었다. 중요한 자리에 있는 제자를 위해 비틀고 인상 쓰고 싶지 않은 스승의 고결한 마음…….

"여기쯤이면 로엘과 슐런트의 눈에 뜨이지 않겠지?"

스승이 입술을 깨물며 물었다.

"예!"

장태의 말이 떨어지기 무섭게 스승은 벽에 등을 기댔다. 그리고 바로 무너져 내렸다.

"으윽!"

"선생님!"

"쉬잇."

"병원으로 모시겠습니다."

장태가 등을 내주었다.

"후우, 이겨서 흥분한 건가? 지구상에 내 통증을 줄일 진통제는 없다는 걸 알면서……."

"죄송합니다."

"괜찮아. 그나마 자네 덕분에 참을 만한 편이고 오늘은 좋은 날이니까."

말은 그렇게 하지만 스승의 얼굴은 움켜쥔 종이처럼 멋대로 일그러지고 있었다. 쥐어짜고 뜯어내는 극한의 고통. 폐암 말기의 병자에게 깃든 악마는 이런 순간조차도 쉴 생각이 없었다.

"후우!"

이십여 분 넘게 고통에 시달린 스승이 겨우 한숨을 밀겼냈다. 최악의 순간은 넘겼다는 신호였다.

"지금 크리스 쉐프에게 가겠습니다."

장태의 눈빛이 비로소 금빛 풍광 도도한 만달레이 베이 호텔로 향했다.

만달레이 베이.

저 안에 장태가 붙기를 원하는 크리스 쉐프가 있었다.

"오버하지 말아라. 서둘러서 되는 일은 없어."

스승은 벽을 짚고 일어섰다.

"오늘 일은 행운이 아니었습니다."

장태가 항변했다.

"알아. 단지 서두르지 말라는 거야."

스승이 대답했다. 그 역시 장태의 능력을 알고 있었다. 식욕 오방색을 읽어내는 능력과 예민한 후각. 하지만 요리는 예술과 같아 어쩌면 영감의 문제. 멋진 영감이란 하루에 여러 번 찾아오는 게 아니었다.

"약속은 지키셔야 합니다."

"끝내 크리스와 겨루고 싶나?"

"네!"

"크리스……"

스승은 먼 호텔을 바라보며 뒷말을 이었다.

"로엘이나 슐런트하고는 다른 사람이야."

"……"

"슐런트는… 자네가 졌더라도 농구공 징벌은 말로 끝냈을 걸세. 그는 최선을 다한 쉐프에게 가혹하지 않거든. 그걸 알기에 찾아간 거야. 게다가 자네도 많은 연습을 하게 되었으니 일석이조고……"

"제가 겨눈 건 크리스입니다."

"어쩌면 다 지난 일일세."

스승의 눈가에 깊은 회한이 스쳐 갔다.

"하지만……"

장태의 시선이 스승의 왼손으로 향했다. 스승의 손목에는 여전히 흰장갑이 끼워져 있었다.

"서로 약속이었네."

"요리 대결에서 내기는 그만큼 긴장하자는 약속이라고 봅니다. 그러니 설령 신체 일부를 걸었다고 해도 실제로 자르는 게 아니라……"

절단!

그랬다.

10여 년 전, 만들레이 베이의 총주방장 자리를 놓고 격돌한 스승과 크리스. 승자인 크리스는 농담 반 진담 반으로 건 스승의 손목을 잘라 버렸다. 스승의 미래를 자른 것이다.

"그가 슘바라는 쉐프의 손가락도 잘랐습니다. 그 외에도 서너 명 더 소문이 있고요."

"……."

"슘바는 저와도 안면이 있는 분이었습니다."

"손 쉐프……."

"우리가 모르는 다른 일도 있겠죠."

"……."

"그는 쉐프가 아닙니다. 그런 사람이 존경받는 쉐프로 군림하는 건 선생님도 원하지 않으시고요."

"그야 물론이네만."

"게다가 아드리안 앞에서 약속하신 일입니다. 로엘을 능가하면 크리스와 붙을 수 있다고."

"그 말은……."

"그는 특별히 유망한 동양인 쉐프들을 골라 저격하고 있기도 합니다."

"손 쉐프!"

"예."

"크리스를 잊으면 안 될까?"

"그건 선생님을 잊으라는 것과 같습니다."

"그가 자네 도전을 받아줄지도 미지수지만 지면 진짜 손가락을 자를 지도 몰라."

"이기면 되지요."

"손 쉐프……."

"다른 건 몰라도 명예는 되찾아야죠. 선생님의 명예, 그리고 한국인의 명예."

"……."

빵빠앙!

스승의 말을 대신한 건 트럭의 경적이었다. 아직 가지 않고 주변에 남아 있었던 모양이었다.

"쉐프 강, 쉐프 손!"

조수석에서 아드리안과 숀리가 뛰어내렸다.

"아드리안이 어떻게?"

스승이 고개를 들었다.

"궁금한 걸 어떻게 참겠나? 하느님이 등을 밀길래 달려왔지."

아드리안은 서둘러 남은 말을 이었다.

"얼굴을 보니 위너?"

그의 시선이 장태에게 건너왔다.

"예!"

"와아, 그럴 줄 알았어요."

대답이 끝나기도 전에 손리가 장태 품에 달려들었다.

"큼큼, 달팽이 요리를 했군요? 바닷가재도?"

소년은 냄새만으로 요리를 구분해냈다. 후각이 잘 발달한 손리. 그 또한 장태에게는 스승의 하나로 꼽히는 소년이었다.

"로엘은? Fire? 슐런트라면 그런 옵션을 붙였을 것도 같은 데?"

아드리안이 물었다. 그답지 않게 살짝 흥분된 목소리였다.

말해주세요.

옆의 손리도 눈으로 캐물었다.

"자른다는 거 제가 봐주라고 사정했습니다. 그 나이에 잘리면 갈 곳도 없을 것 같아서……."

장태는 장단을 맞춰주었다.

"그럼 이제 크리스 차례로군."

아드리안 역시 만달레이 베이 호텔을 바라보았다. 그라고 모를 리 없었다. 스승의 꿈을 자른 사악한 인간. 만달레이 베이의 부사장이자 주주, 총주방장인 크리스 쉐프…….

"내가 통보할까?"

아드리안이 장태에게 물었다.

"내가 가죠."

스승의 무거운 입이 열렸다.

"선생님!"

그 목소리에 반색하는 장태.

"그 똥고집이야 고온의 오븐 속에 넣어도 타지 않을 테니 어쩌겠나? 기왕 시작한 거 끝을 보는 수밖에."

장태의 고집을 아는 스승. 시위를 떠난 활로 받아들인 눈치였다.

"그럼 가세나. 보란 듯이 대전일 통보하고 축하 맥주라도 한잔 마시자고."

아드리안의 손이 만달레이 베이를 가리켰다.

끼이익!

트럭은 호화로운 39층짜리 만달레이 베이 앞에 거침없이 멈췄다. 가까이서 보니 정말 순 황금을 붙였나싶을 정도로 빛나는 유리였다.

트럭에서는 무려 다섯 명이 내렸다. 호텔 리어들은 그 광경에 놀라지 않을 수 없었다. 싸구려 음식점에서 저급한 햄버거나 시킬 만한 차량이 특급 호텔 앞에 선 것이다.

경비원들이 다가왔지만 그들은 장태 일행을 막지 못했다. 아드리안 때문이었다.

아드리안!

겉은 노숙자지만 상당한 영향력을 가진 베일 속의 인물이었다. 그는 고급 호텔 최고경영진들에게 런치 상대를 겸하기도 했다. 그렇기에 슐런트에게 배틀의 선을 댄 것도 그였다. 저급한 파이에 싸인 특급 와규처럼 꼴과 속이 완전히 다른 사람이었다.

"손 쉐프."

아드리안이 장태를 바라보았다.

"예!"

"크리스 쉐프는 요리사이자 야심가이기도 하지. 알고 계시지?"

"예."

"그렇다고 쫄지는 말게나."

"고맙습니다."

"자, 이 두 쉐프를 부사장이자 총주방장인 크리스에게 모셔다 주겠나?"

아드리안 경비원들에게 청했다. 경비원들은 주섬주섬 길을 터주는 수밖에 없었다.

"어때?"

속된 말로 어마무시 으리으리한 실내에 들어서자 스승이 물었다.

"쫄아서 고환이 석류알만 하게 변할 거 같은데요?"

장태가 웃으며 대답했다.

"그 똥배짱은 대체 어디서 온 거야?"

"그러는 선생님은요? 저는 아직 선생님의 절반도 못 미치는 거 같은데 말입니다."

"내가 볼 때, 자네는 이미 내 위에 있어."

"흐음, 오늘따라 관대하시군요."

"사실 여기까지 온다고 할 줄 알았으면 1년 전, 자네가 찾아왔을 때 받아주지 않았을 거야."

"저도 그 1년 후에 여기 올 줄 몰랐습니다."

"크리스를 돌아간다고 해서 요리를 못할 것도 아니네."

"똥이 더러워서 피한다 이거군요."

"내 마음은 그러네."

"저를 위해서겠죠."

"……."

"그럼 걱정하지 마세요. 저는 더러운 똥을 치우는 스타일이거든요."

"허어!"

"그러니까 더 오래 사십시오. 내년에는, 또 그 내년에는 선생님이 몰랐던 좋은 일들이 더 많이 생길 테니까요."

"자네가 신이라면 가능하겠지. 곳곳에서 내 몸을 장악한 암세포를 군내 제거하듯 씻어낼 수 있다면."

"그 방법을 찾고 있거든요. 그런데 시간이 더 필요합니다."

"······?"

장태의 대꾸에 스승이 걸음을 멈추었다.

"그거 농담이 아니었단 말인가?"

"어떻게 농담입니까? 다른 사람도 아니고 선생님 목숨인데?"

"손 쉐프!"

"저를 꾸짖으면 모순입니다. 선생님은 이미 그렇게 가르쳤거든요."

"내가 뭘 가르쳤단 말인가? 사실 손 쉐프는… 나를 찾아왔을 때부터 나 이상이었어."

"요리가 사람을 만든다. 기억하시죠?"

장태는 한마디로 대답했다. 스승의 좌우명이었다.

"통증 때문에 자꾸 잊어버리시나 본데 그렇게 말하셨잖습니까? 쉐프란 황야에서도 진취적인 능력과 도전의 자세를 가져야 한다고."

"젊은 친구라 기억력은 죽이는군."

"선생님 제자가 되려고 한국조리고등학교 때부터 뉴욕 CIA 조리학교를 졸업할 때까지, 나아가 프랑스에서 미국까지 다 헤집고 다녔다는 말 잊으셨습니까?"

한국에서 프랑스까지!

그건 사실이었다. 장태는 CIA를 졸업한 후에도 무려 3년간이나 스승을 찾아 유럽과 미국, 아프리카 등지를 떠돌았다. 스승이 유랑 쉐프였기 때문이었다. 장태가 졸업한 뉴욕 CIA 조리학교의 신화였기 때문이었다.

나아가 한국인이며, 한국조리고등학교 때부터 장태의 우상이기도 했었다. 그런 그를 마침내 라스베이거스에서 만났다. 노숙자들의 쉼터에서 나눔을 베푸는 스승을.

"허얼!"

"요리가 쌓여 사람을 이룬 거라면 요리로 질병도 치료할 수 있을 겁니다. 오늘 먹은 게 3~4대까지 영향을 미치는 게 음식이라고 했잖습니까?"

"그건 말이 그렇다는 거고……."

"선생님이 아니더라도 그렇게 말한 사람들이 많습니다. 바로 식의들이죠. 그분들은 이미 오래전에 음식으로 질병을 치료했지 않습니까?"

"당나라 한의서 천금방이라도 논하려는 건가?"

"인도 최고의 명의, 기바도 있지요. 세상에 약이 되지 않는 풀은 없는 것이니 먹는 것을 잘 조절하면 현대의학이 포기한 질병도 고칠 길이 있을 거라고 생각합니다."

"지금은 크리스부터 생각할 때 같군."

스승이 시선을 들었다. 저만치 앞에 크리스의 주방이 입을 쩌억 벌리고 있었다.

크리스!

그가 저 안에 있었다.

두 얼굴의 크리스 쉐프.

싹수 잇는 쉐프들을 골라 절망으로 보내고 있는 크리스가!

*　　　　*　　　　*

후끈!

품격 높은 맛향이 장태의 후각에 들이쳤다.

'오케이, 럭셔리……'

첫 느낌은 그랬다. 살며시 흘러나오는 고기 익는 냄새는 최고급 와규와 새끼 양으로 보였다. 각종 향신료의 조화도 그랬다. 이건 로엘과 다른 계열이었다.

로엘은 단 한 사람을 위한 요리를 했다. 그랬기에 주방 관리도 수월한 측면이 있었다. 하지만 여기는 만달레이 베이 호텔. 온갖 VIP들이 쉴 새 없이 들이닥치는 곳. 그런데도 깔끔한 향을 풍긴다는 건,

'크리스……'

악명은 높지만 그의 수준을 짐작케 해주었다.

유명 레스토랑의 요리는 혼자 힘으로 이루어지는 게 아니었다. 크리스를 최고 쉐프로 친다면 그 아래 딸린 쉐프들만

해도 30여 명이 필요했다. 그들 쉐프들은 라인쿡을 거느리고 또 그 아래로 가드 망제가 있어 찬 음식과 각종 고기, 테린과 파테 등을 만드는 일을 담당한다.

마지막으로 프렙 쿡들이 허드렛일을 담당하고 있으니 채소를 썰고 각종 재료들을 정리하고 관리하는 것이다.

복도를 따라 주방으로 향하는 동안 장태의 심장에 펌프질이 커지기 시작했다. 만달레이 베이의 위용 때문은 아니었다. 사실 스승을 찾아 유럽을 헤매는 동안 웬만큼 유명한 호텔이나 레스토랑은 차례차례 경험한 장태였다.

"2번 테이블에 토로 캐비어 셋!"

"3번 테이블에 하우스 슈터!"

"8번에 랍스터 카르파초 둘!"

몇 걸음을 걷는 동안에도 온갖 주문장들이 주방으로 들이치는 게 보였다. 주문의 쓰나미였다.

"드래깅!"

"드롭!"

"파이어!"

등등의 주방 언어도 난무한다.

다다다닥 타타닥!

여러 쉐프들이 동시에 내는 칼질 소리는 아름다웠다.

도레미파솔!

칼은 도마를 건반 삼아 음악을 연주하고 있었다. 그야말로 활기찬 오케스트라다. 엄마가 피아니스트지만 장태는 음악보다도 칼 소리가 더 좋았다.

그러다, 그들 속에서 칼질 소리 하나가 가파르게 멈췄다.

'손을 베었군.'

장태는 그 이유를 알았다. 쉐프라고 손을 베지 않는 건 아니었다. 초짜 쉐프도 손을 베고, 노련한 쉐프도 손을 벤다. 누구든, 집중하지 않으면 제 손을 쓰는 것이다.

치지직!

자글자글!

와규와 양고기 스테이크 익는 소리는 칼질 소리 사이로 매혹의 화음을 만들어냈다. 프라이팬에서는 튀김요리가 익어가고 200도를 갓 넘긴 오븐 속에서는 또 다른 요리들이 맛 덩어리로 변하고 있었다.

꼴깍!

맛있겠다.

장태는 또 침을 넘겼다.

맛있는 냄새만 맡으면 침이 넘어가는 장태. 영락없는 쉐프가 분명했다.

크리스는 맨 안쪽에서 흑대구를 굽고 있었다. 그가 친히 요리를 한다는 것. 최고의 VIP가 왔다는 의미였다.

'미소와 파인애플 즙에 흑후추를 섞어 재웠군.'

고소한 냄새를 맡으며 장태는 생각했다. 미소와 파인애플 즙은 흑대구의 중심부까지 제대로 스며들어 있었다. 환상적인 타이밍이었다.

크리스가 마음에 들었다.

일단 그 요리솜씨만은…….

진심이었다.

"어이, 그 스테이크는 온도를 높여서 육각을 재빨리 익혀야지. 불이 낮으니 육즙이 비실비실 빠져나가잖……?"

뒤쪽의 쉐프들에게 지시를 내리던 그가 시선을 멈췄다. 자신의 왕국에 불법 침범한 이방인들을 발견한 것이다.

"이게 누구야? 쉐프 강?"

크리스의 목소리 끝이 갈라졌다.

"하던 거 끝내시게."

스승의 시선은 흑대구에 있었다. 한 면이 덜 익은 대구. 아직 플레이팅에 간택될 때가 아니었다.

"오케이, 어이, 이 친구들 내 휴게실로 모셔다두도록."

흑대구를 뒤집은 크리스가 수하에게 지시를 내렸다.

오트 퀴진으로 불리는 고급 요리들이 맛의 향연을 벌이는 걸 뒤로 하고 주방을 나왔다.

"자네의 꿈도 이런 곳이지?"

휴게실로 옮겨온 스승이 천장을 보며 물었다. 쉐프들의 휴식 공간조차 유려한 대리석으로 마감한 배려. 그야말로 최고의 대접을 받는 곳이었다.

"한때는 그랬죠."

"지금은 아니라는 건가?"

"선생님께 물들어 버렸습니다."

"아서, 유랑 쉐프는 나 하나도 족하네."

"사실 선생님 흉내는 이미 조금 낸 편이지요."

장태가 웃었다. 스승은 토를 달지 않았다. 스승을 찾아 전 세계를 떠돈 3년…….

노숙자와 난민촌, 그린피스의 반핵시위장에서의 요리 자원봉사… 그것 또한 명백한 유랑이었다. 노숙자 쉼터의 임시식당에 자리를 잡은 지금도 다르진 않지만.

"어떤가? 기왕 붙을 거면 크리스가 꿰찬 자리를 걸고 겨루는 게. 자네가 이기면 로이 회장을 만나 담판을 짓겠네."

"그럼 크리스는 제게 뭘 걸라고 할까요?"

"……?"

장태의 질문에 스승의 눈빛이 스러졌다.

*   *   *

손.

혹은 손가락.

크리스의 못된 취향을 알기에 스승은 대답하지 못했다.

"제 승리를 점치시나요?"

"가능할 거야."

"제가 이기면 선생님께 좋은 선물이 될 수도 있겠군요."

"마지막 선물이 되겠군."

"마지막이라는 건 신만이 알 일이죠."

장태는 그 단어를 인정하지 않았다.

"손 쉐프……."

"설령 그렇다고 해도 약합니다."

"응?"

"예전 같으면 열망했을 것 같습니다. 도도한 금빛 풍광의 만 달레이 베이 호텔 총주방장 자리라면 손이 아니라 목숨이라 도 걸었을 테니까요."

"손 쉐프!"

"선생님은 왜 늘 걸시와 노숙자들, 난민들 곁에 머무셨습니 까? 마음만 먹으면 미슐랭 쓰리 스타 레스토랑 책임 쉐프로 도 가실 수 있었을 텐데."

장태가 물었다.

스승을 만나기 전에는 참 궁금한 일이었다. 무슨 사연이 있는 걸까? 무슨 사연이기에 유랑 쉐프로 살아가는 걸까? 하지만 지금은 어렴풋이 답을 알고 있었다.

그래도 한 번은 스승의 입으로 듣고 싶었다. 확인하고 싶은 것, 그건 접시에 담긴 맛난 요리에만 적용되는 게 아니었다.

"다들 위로만 향하니까 나라도 낮은 곳으로 향하고 싶었을 뿐이야."

"그것뿐인가요? 아드리안을 살려낸 이유로도 충분하지 않습니다."

장태가 고개를 저었다.

아드리안!

득도한 선인이자 현인 같은 아드리안. 온몸의 기력이 쇠약해지고 피골이 상접해 지옥의 강 문턱까지 갔던 그를 살려낸 게 스승의 치료식이었다고 들었다.

절정 쉐프가 만든 치료식.

효과가 만만치 않았을 것으로 보였다. 하지만 쉽지는 않았을 일이다.

"요리가 가진 자들의 향유물이 되는 게 싫었다."

"설득력 부족입니다."

"지친 자들의 영혼을 달래고 싶었어. 그게 전부야!"

"그래서 달래셨죠. 향수를 어루만지고 아픔을 나누고 그리움을 치유하고…… 고급 호텔의 주방에서 버리는 짜투리로도 감동을 만드셨습니다."

"무슨 말을 하려는 거냐?"

"제가 선생님의 제자가 된 게 얼마나 행운인지를 말하고 있
는 겁니다. 돈보다 마음을 위해, 과시를 위한 섭생이 아니라
생존을 위한 요리를 배우게 된 거 말입니다."

"……"

"그러니 저는 노숙자 쉼터의 주방이 여기보다 모자란다고
생각하지 않습니다."

"노숙자 식당은 겪어보았지만 만들레이 베이 주방은 겪어보
지 않았네."

"세상의 모든 걸 다 겪어볼 수는 없지요."

"본론에나 대답하게."

"마음만 받겠습니다. 만달레이 베이의 총주방장은 매력적인
자리지만 욕심나지 않습니다."

"……"

"저는 계속 선생님의 길을 따라 걸어갈 겁니다. 혀를 위한
요리가 아니라 마음을 돌보는 요리를 만들고 싶습니다. 그 공
부를 위해서도 당장은 노숙자 쉼터 주방에 있는 게 옳다고 봅
니다."

"……"

"크리스가 오는군요."

"그렇구나."

"제 답은 이렇습니다. 눈에는 눈, 이에는 이!"

"자네가 이기면 크리스의 팔을 자르겠단 말인가?"

"그도 한 일입니다."

"아서. 크리스는 그냥 있지 않을 거야."

"그가 자행한 악행들이 있습니다. 결코 까발리지 못할 겁니다."

"……!"

"누군가는 멈춰야지요. 크리스의 악행……."

"손 쉐프……."

"크허험!"

크리스의 헛기침 소리에 두 사람의 대화는 끝이 났다.

"혹시 자리를 부탁하러 온 거라면 뒷구멍 노리지 말고 쉐프 모집기간에 정식으로 응모해 주면 고맙겠네만."

가까이 다가온 크리스, 장태를 보더니 냉소부터 뿜었다. 이태리 시실리 출신의 크리스는 조각처럼 차가운 용모가 매력이었다. 꼬치 꼬지로 찔러도 피 한 방울 안 나올 분위기였다.

"오너급 총주방장은 비공식으로 뽑는 거 아니었나?"

스승이 응수했다. 꽤 많은 시간이 흘렀지만 두 사람의 눈빛은 어제 이후에 다시 만난 것처럼 익숙한 각을 이루고 있었다.

"무슨 뜻인가?"

"각설하고 리턴 매치를 하러 왔네만."

스승은 흰 장갑 하나를 꺼내 크리스의 발밑에다 던졌다.

두엘로!

이탈리아식 결투의 신청이었다. 크리스가 집어들면 결투가 성립되는 것이다.

"리턴 매치?"

크리스가 냉소를 뿜었다.

"나 대신 이 친구일세."

스승이 장태를 돌아보았다.

"그러니까 나보고 저 어린 친구랑 요리 배틀을 벌여라?"

"휘하 동양인 유망주들과도 비공식 배틀을 벌인다고 들었네만."

"그거야 애정 어린 지도고."

"애정이 지나쳐서 직업을 바꾼 쉐프들도 있다던데?"

"싹수 없는 것들은 미리 자르는 것도 능력 있는 선배의 책무라네."

"편견이 아니고?"

"편견?"

"일취월장하는 동양인 쉐프들이 요리계를 장악할까 두려

워서……."

"푸하하핫!"

말을 듣던 크리스가 배를 잡고 웃어 제꼈다.

"이봐, 쉐프 강, 듣자니 암까지 걸렸다던데 너무 전이가 되어서 머리가 한 바퀴 반쯤 돌아버린 거 아닌가? 대체 이 크리스를 뭘로 알고……."

"이봐요!"

크리스가 선을 넘자 장태가 슬며시 견제를 했다.

"앉아 있게!"

스승이 장태를 진정시켰다.

"선생님!"

"우린 도전자야. 챔피언은 누릴 권리가 있다네."

스승이 눈짓으로 눌렀다. 장태는 끙 신음을 내며 다시 앉을 수밖에 없었다.

"두 사람, 지금 쌩쑈하나?"

크리스의 입가에 싸아한 냉소가 스쳐 갔다.

"아는 것보다 암세포가 많이 번졌네, 쑈 따위나 할 상황은 아니야."

"그럼 얌전히 안락사 병원 침대에 가서서 쉬어야지 이러면 되나? 단골 중에 요양병원 원장이 있는데 소개해 드릴까?"

"이봐요, 크리스 쉐프!"

장태가 다시 튀어 올랐다.

"젖내 나는 애송이 따위가 낄 자리가 아니야."

크리스는 대놓고 장태를 무시했다. 그러자 스승의 입이 좀 더 묵직하게 열렸다.

"그 젖내 나는 애송이가 방금 퇴역 농구황제 슐런트의 전속 쉐프 로엘의 승복을 받고 왔네만!"

"……!"

주춤, 크리스의 기세가 흔들리는 게 보였다.

"방금 뭐라고 했나?"

"로엘의 인정을 받고 왔다고 했네."

"로엘? NBA의 전설 슐런트의?"

"그래!"

"이젠 사기까지 치려는 건가? 쉐프 강, 당신이 두 손 멀쩡하다면 몰라도 저런 애송이가 어떻게 로엘을?"

"전화번호 알 테니 확인해 보시게. 단, 그 양반 체면은 고려하시고."

"……."

"겁나나?"

스승이 슬쩍 도발을 했고, 도발은 먹혔다. 망설이던 크리스가 핸드폰을 꺼내 든 것이다.

"만약 나를 속인 거라면 둘 다 기어나갈 각오 정도는 해야

할 거야. 우리 카지노 경비원들은 좀 거칠거든."

"좋을 대로!"

스승의 목소리가 느긋해졌다. 기울어가던 칼날의 방향을 크리스 쪽으로 돌려놓는데 성공한 것이다.

"여보세요, 슐런트? 나 만달레이 베이 주방의 크리스입니다."

크리스의 얼굴이 흙빛으로 변하는 데는 그리 오랜 시간이 필요치 않았다. 이때를 대비해 이미 떡밥을 뿌리고 온 장태였다.

"……!"

파르르 경련하던 크리스의 안면근육은 천천히 제자리로 돌아왔다.

"이봐!"

그래도 여기는 그의 안방. 그래서인지 회복은 생각보다 빨랐다. 장태와 스승을 다그치던 오만한 목소리가 재현된 것이다.

"그래서 잔뜩 고무되어 있었군. 로엘을 뭉갠 프라이드로 펄펄 끓어서 말이야?"

"그렇기도 하네. 슐런트의 미각 잘 알지 않나."

"……?"

"그가 두말없이 손 쉐프를 인정했네."

"……."

"전에 말이야 내 손목을 자르던 그날, 언제고 어떤 형태로든 도전해도 좋다고 했었지? 머리 좋은 당신이 잊었을 리는 없고……."

"……."

"내 생각에는 슐런트와 로엘의 인정을 받은 정도면 당신에게 한 수 지도받을 만하다고 보네만."

"쉐프 강."

"아닌가? 자칭 요리의 왕을 자처하는 당신도 로엘과 붙으면 승리를 장담하기 어려울걸?"

"……."

"그래도 주저가 된다면, 슐런트가 개인적으로 이 친구의 요리 예약을 원했네. 비록 손 쉐프가 바빠 보류해 두었지만."

"……!"

여러 옵션 중에 그 말이 먹혔다. 크리스의 안면근육이 움찔 반응하고 있었다.

"정식으로 내 제자와의 리턴 매치를 신청하네, 대신!"

스승의 카리스마는 간격을 두고 다시 이어졌다.

"이번에도 대결 조건과 심사를 맡아줄 미식가는 당신이 정해도 무방해."

마지막 한 방이 핵폭탄이 되어 크리스의 뇌 안에서 폭발했다. 그 말에는 엄청난 사연이 담겨져 있었으니, 바로 크리스의 부정한 전력 때문이었다.

크리스는 옛일을 생각했다. 바로 이 만달레이 베이의 부사장이자 총주방장직을 걸고 맞붙게 된 날이었다. 두 쉐프는 당연히 쉐프 강과 크리스. 그러나 총주방장은 원래 쉐프 강을 위한 자리였었다.

일본과 중국, 홍콩을 거쳐 유럽에 도착한 유랑 요리사 쉐프 강. 돌연한 그의 등장 앞에 유럽의 미슐랭 별들이 하나둘 패배를 인정했다. 만들레이 베이의 회장 로이가 제일 먼저 쉐프 강의 진가를 알아보았다.

"당신이 필요하오."

그는 유럽으로 날아가 쉐프 강의 정착을 권했다. 대우는 파격적. 거의 백지수표급의 제안을 던졌다.

그 정성이 갸륵해 제안을 수락했다. 당시 계획은 만들레이 베이 요리 메뉴를 잡아주고 나올 생각이었다.

이때 변수가 나왔다.

내정을 마치고 계약 조건과 주방 배치까지 합의한 스승에게 날벼락을 떨어뜨린 인물이 있었으니 바로 크리스였다.

그 역시 만들레이 베이의 총주방장 후보 중 한 명이었던 사람. 하필 그 시기에 스승이 부각되면서 2순위로 밀린 것이다.

"그 자리는 원래 내 것이오."

크리스는 스승을 만나 담판을 지었다. 양보를 바라며 뒷돈도 건넸다. 당연히 스승은 거부했다. 다 된 밥인 줄 알았던 크리스, 그대로 물러서지 않았다.

건방진 코리안 따위!

맛을 보여주마.

유럽 정통파 쉐프로 자부심 불타던 크리스는 승부수를 띄웠다.

〈쉐프 강의 요리에는 미약이나 마약이 들어 있다.〉

그는 인맥을 동원해 의미심장한 소문을 퍼뜨렸다.

나름 근거도 붙였다. 스승이 암스테르담에서도 요리를 했기 때문이었다. 그곳에는 마약 요리가 흔했다. 코카인이나 마리화나, 대마초를 넣은 요리를 찾는 건 그리 어려운 일도 아니었으니 몇 가지 엉뚱한 사건을 예로 들어 스승을 끼워 넣은 것이다.

쉐프 강을 스카우트한 로이 회장은 고민에 휩싸였다. 만약 사실이라면 엄청난 문제가 될 수 있었다. 고민하는 회장에게 크리스가 쿨한 제의를 해왔다. 그와 쉐프 강을 묶어 요리 배틀을 열어달라고.

쉐프 강 vs 크리스 쉐프.

동서양 두 거장의 충돌.

그리 나쁘지 않은 제의였다.

여전히 요리의 변방인 코리아. 쉐프 강의 입장에서도 소문을 불식시키고 크리스에게 한국인의 실력을 보여줄 필요가 있었다. 그래서 제의를 받아들였다.

배틀의 공정한 심사를 위해 미식에 일가견이 있는 세 명의 유명 스타가 판정단으로 초청되었다.

겉으로는 문제가 없었다. 하지만 크리스의 농간이 있었다. 스승에 비해 미국 쪽 인맥이 강한 크리스가 연줄을 세워 포섭을 한 것이다.

사실 스승은 어렴풋이 짐작하고 있었다.

소위 텃세!

스승은 비슷한 경험이 많았다,

중국에서도 그랬고 프랑스에서도 그랬다. 유랑 쉐프의 한계였다. 하지만 맛은 정직한 것. 매수된 심사위원조차도 자기편으로 만들 자신이 있었기에 개의치 않았다.

그 의지를 뒤집은 첫 요인이 암이었다. 하필이면 대결 이틀 전 밤부터 통증이 한층 더 격렬하게 작렬하기 시작했다. 약을 먹었지만 제어되지 않았다.

의사는 대결을 말렸다. 그러나 그건 기권과 다름없는 일. 스승은 암세포의 무차별 폭격을 참으며 분투했다.

결과는 꿀리지 않았다.

열일곱 코스 정통 정찬의 메인까지 선방했다. 그러나 하늘은 실력보다 잔머리의 편을 들었다. 마지막까지 달려온 요리의 끝. 매수한 심사위원임에도 불구하고 스승의 점수가 앞서 나가자 크리스가 뜻밖의 카드를 들고 나왔다.

〈마약 검사!〉

그의 주장은 강력했고 회장은 그걸 수용했다.

마약이 나왔다.

스승의 접시였다. 코스에 쓰인 접시 중 4개에서 마약 반응이 나온 것이다. 크리스가 수하를 시켜 손을 써두었던 것. 스승은 결백했지만 소용이 없었다.

〈위너는 크리스!〉

스승을 점찍었던 회장 로이도 돌아서 버렸다.

"내가 들은 소문이 제대로였군."

대결 후에 안쪽 주방에서 마주 선 크리스는 이미 준비를 갖추고 있었다. 그가 신호를 하자 덩치 좋은 쉐프 둘이 달려나와 스승을 제압했다. 크리스가 위너가 되면 그 아래의 수 쉐프 자리를 보장받기로 한 사람들이었다.

"추악한 코리안, 마약 따위로 신성한 요리를 더럽히다니. 너같은 오리엔탈은 쉐프의 자격이 없어."

크리스는 스승의 전용 푸주칼을 뽑아냈다.

둘만이 이면으로 한 약속!

(지면 손목 하나를 내놓는다.)

그만한 각오를 붙자는 의미였지만 크리스에게는 그렇지 않았다. 스승이 뭐라 말할 시간도 없이 푸주칼이 바람을 갈라 버렸다.

터엉!

크리스는 푸주칼을 놓고 돌아섰다. 사전에 약속한 일이니 뒤탈이 있을 것도 아니었다. 더구나 상대는 한국출신의 유랑 쉐프 따위.

─유랑 쉐프

─요리 변방 코리아 출신.

감히 품격 높은 호텔의 이그제티브 쉐프 자리를 넘본 대가를 톡톡히 치러준 것이다.

그런데!

몇 년이 흐른 지금, 그가 대타를 내세우며 같은 조건을 감수하겠다는 뜻을 밝혔다. 대타는 버터냄새도 다 배지 않은 애송이. 저 정도 쉐프는 크리스의 휘하에도 널리고 널린 일이었다.

"이젠 완전히 감을 잃으셨군."

잠시 과거를 더듬은 크리스가 얼음장 같은 미소를 지었다.

"무슨 뜻인가?"

"솔직히 두 사람이 나란히 손목을 바친다고 해도 갓 들어온 와규의 등심만큼도 가치가 없다오."

도발!

크리스의 미소는 냉소를 넘어 멸시로 이르고 있었다.

"이탈리아 사람은 약속을 중시한다고 들었네만?"

"약속도 약속 나름이지 않나? 아무 메리트가 없는 일이야."

"혹시나 해서 말하는 건데 내가 아드리안의 생명의 은인이라는 말은 못 들었나?"

스승이 넌지시 운을 떼웠다.

아드리안!

그 소문은 크리스도 알고 있었다. 혹자는 그가 정계인사들과 밀담도 하는 사이라고 했고 또 어떤 사람은 월가에도 영향력을 미친다고 했다. 아무것도 확인된 건 없지만 한 가지는 옳았다. 비록 노숙자 집시지만 그 누구도 무시하지 못한다는 사실.

"그가 여기 빅 게이머들과도 친분이 좀 있지. 아마?"

"무슨 뜻인가?"

"당신 주방에서 재능 있는 동양인 쉐프들이 종종 손가락이 잘려 그만두는데 그 내기의 출처가 당신이라는 소문이 진짜인지 확인 좀 해달라고 요청하는 수밖에."

"……."

"아마 피해자의 사진 같은 것도 확보할 수 있을지 모르지."

입은 웃고 있지만 스승의 말은 거의 협박이었다.

쉐프는 인품도 중요했다. 품격 높은 명사들과 미식가들이 저렴한 풍문에 휩싸인 쉐프를 좋아할 리 없었다.

"잡시 따위가 무섭지는 않지만 좀 성가시긴 하겠군. 떼거지로 몰려오면 영업에도 문제가 있을 테고……."

크리스는 말귀를 알아들었다.

"다들 가련한 자들이니 내가 자비를 내려드리지."

"……."

"3일 후에 우리 호텔에 친룽이라고 글로벌 비즈니스를 하는 빅 게이머가 오시네."

"……."

"이 양반이 사람을 하나 소개했는데 자기보다 하루 전에 보내겠다더군."

"……."

"그런데 이 친구가 우리에게 역제의를 해왔다네."

"역제의?"

스승이 시선을 들었다.

"우리 호텔 요리 맛을 본 후에 배팅액을 결정하겠다지 뭔가. 마음에 드는 옵션은 아니지만 친룽이 워낙 큰손이다 보니 소개자를 소홀히 할 수도 없고……. 그날은 아카데미 수상자의 예약이 있어서 내가 시간을 내기도 마땅치 않고……."

옵션이군.

듣고 있던 장태는 바로 감을 잡았다. 크리스는 자칭 최고 쉐프 중의 한 사람. 그러니 한 바퀴 돌린 옵션으로 장태의 실력도 파악하고 실리까지 챙기겠다는 속셈이었다.

"애송이, 혹시 라스베이거스 빅 게이머의 기준은 알고 있나?"

크리스가 장태를 바라보았다.

"최소 10만 불!"

"아는군. 하지만 10만 불짜리 게이머 정도는 내 식탁에 앉을 수 없네."

"당신 식탁은 얼마짜리인데?"

장태의 입에서 반말이 나왔다. 원래는 공손한 장태. 그러나 크리스의 도발적인 행동이 장태를 자극해 버렸다.

크리스는 매의 눈으로 장태를 노려보았다. 못마땅하다. 하지만 일일이 상대할 생각은 없어 보였다.

"거기에 동그라미 하나 더!"

"……!"

100만 불!

그렇다면 초특급 대우를 받는 게이머를 뜻한다. 라스베이거스에서도 그리 흔하지 않은…….

"단 한 번의 요리로 100만 불 배팅을 결정하게 만들면 도전을 받아주겠네. 대신 실패하면 쉐프를 사칭한 벌로 손목 인대

하나 정도는 내놓아야 할 거야."

"크리스!"

이번에는 스승이 벼락처럼 솟구쳤다. 말도 안 되는 옵션이라고 판단한 것이다.

"닥쳐!"

크리스는 낯선 고함과 함께 자신의 클리버로 원목 테이블의 모서리를 찍었다.

텅!

경고였다. 여기는 자기의 왕국, 그걸 주지하라는 경고······.

"교활한 놈, 나는 요리의 발전을 위해 네 속셈을 알고도 대결에 응했어!"

"그건 당신 생각이고."

크리스의 입가에 사음한 미소가 피어올랐다.

"지금은 결정권이 나에게 있어. 모르겠나?"

"이······."

"자신 없다면 우리 얘기는 끝난 거 같으니 나가주실까? 아니면······."

크리스가 비상벨 위에 손을 올렸다. 누르기만 하면 호텔 경호원들이 달려올 판이었다. 끝 간 데 없이 의기양양한 크리스와 어깨뼈가 부러질 듯 분노에 가득 찬 스승.

그 분노 게이지가 끝을 모르고 올라갈 때 장태의 입이 열렸다.

"콜!"

크리스의 제의를 받았다.

쿨하게!

"호오, 코리안들은 역시 기백이 가상하군."

"코리안을 들먹거릴 일이 아니야."

"오른손잡이인가 왼손잡이인가?"

"오른손!"

"100만 불에 실패하면 그 인대는……."

훙!

크리스의 클리버가 허공을 그었다.

"콜!"

"그 어떤 변명도 통하지 않을 거고."

"콜!"

장태는 한 번 더, 또렷하게 답하며 뒷말을 이었다.

"이제 장갑을 집으시지!"

장태의 말에 크리스가 시선에 각을 세우는 게 보였다. 장태는 느긋하게 한마디를 덧붙여 제대로, 염장을 질러주었다.

"요!"

5장

오방색을 보는 눈

"와아아!"

노숙자들의 쉼터에서 환호성이 터져 나왔다. 어둠 속에 도열한 노숙자들은 장태의 쾌거를 박수로 맞이했다.

"최고요!"

"축하축하!"

행색은 허름한 그들이지만 인사만은 각별하고 따뜻했다. 붉은 홍조의 안나와 루퉁의 인사에 이어 마지막을 장식한 건 숀리와 아론 등의 어린 악동들이었다.

평평평!

장태를 둘러싼 아이들이 일제히 꽃술 축포를 터뜨려 주었다.

"웬 거냐?"

장태가 꽃술을 걷어내며 물었다.

"우리 쉐프님이잖아요? 치료식 얻어먹는 아저씨들이 코인을 보태주었어요."

"쉬잇, 얻어먹다니!"

"죄송해요."

실수를 깨달은 손리가 황급히 얼굴을 붉혔다.

"됐고, 뒤풀이 만찬 준비해야지?"

"그럴 힘이 남았어요?"

아론이 대표로 물었다. 지금은 무료급식이 끝난 시간. 이런 시간의 만찬이라면 장태가 나서야만 가능했던 것이다.

"당연하지. 축포를 맞았더니 마음속에 에너지가 활활 타오르는 거 있지."

"와아, 고맙습니다!"

아이들은 군침을 넘기며 환호했다. 장태라면, 허접한 재료로도 꿈의 맛을 일궈내는 쉐프였기 때문이었다.

"그럼 만찬을 위해 렛츠 고!"

장태의 주먹이 힘차게 하늘을 찔렀다. 안나와 아론 등이 우르르 뒤를 이었다.

다닥타닥!

주방으로 들어간 장태의 타오가 현란한 바람을 일으켰다. 노숙자 식당 제2주방으로 불리는 이곳은 소박하기 그지없었다. 원래는 창고로 쓰던 걸 주인장 톰이 스승을 위해 내어준 곳.

소스는 그저 화덕에서 끓이고 흔한 질소나 디지털 저울도 보이지 않았다. 모든 것은 감으로 이루어졌으니 그게 스승이 가는 요리의 길이었다.

사각사각!

숀리와 아론은 서툰 힘을 보탠다. 볼 붉은 안나도 마찬가지다. 십시일반이라고 그들의 칼질은 시간을 앞당기는 힘이 되어주었다.

"어떤 만찬 만드시게요?"

숀리가 물었다.

"스페셜 스테이크!"

자잘한 햄 부스러기와 감자를 본 장태가 말했다.

"흐음, 쉼터표 스테이크 말이군요. 입맛 확 땡기는데요."

말귀를 알아먹은 숀리가 웃었다.

쉼터표 스테이크는 감자와 햄으로 만드는 스테이크를 뜻한다. 감자로 무슨 스테이크? 쉼터의 집시와 노숙자들은 그런 말을 하지 않는다. 장태가 만든 쉼터표 스테이크는 진짜보다 더 진짜같기 때문이었다.

"으, 미치겠네. 그 바삭함과 어우러진 지방의 폭풍과 고소함……."

아론은 벌써부터 군침을 넘겼다.

레시피는 이렇다.

1) 감자를 쪄낸다.

2) 감자를 으깨 버섯 다진 것과 함께 뭉친다.

3) 짜투리 쇠고기 살을 감자 둘레에 감는다.

4)짜투리 햄 역시 소고기 살 위에 감는다.

5) 오븐에 넣어 약하게 굽는다. 끝!

너무나 간단한 요리법이지만 맛은 기가 막힌다. 햄과 고기의 육즙이 감자에 배어들면서 스테이크(?)로 변하는 것. 게다가 바삭하게 구워진 햄이 함께 씹히니 청각적으로도 맛이 안날 수 없었다.

오븐 문이 닫히자 장태는 스승의 치료식 손질에 들어갔다. 여러 가지 항산화 식품을 골라 만드는 치료식. 오늘도 그걸 잊지 않는 장태였다.

"……?"

잠시 숨을 돌리던 장태의 시선이 멈췄다. 창가에 서린 그림자 때문이었다. 그 창에 작은 들꽃이 놓여 있었다.

"이사벨 누나 같은데요."

숀리가 퉁명스레 말했다. 장태가 가보니 정말 이사벨이 지친 걸음으로 멀어지고 있었다.

그녀의 등판, 금빛 물고기 문양도 주인을 닮아 제대로 사위어 있다. 오늘도 그녀의 뒷모습은 마른 허수아비처럼 생기가 없었다.

'이사벨……'

마약에 찌든 아가씨다. 그녀의 눈동자는 늘, 뿌연 야채수프처럼 초점이 없었다.

"창녀였을 거야."

누군가가 말했다. 에이즈와 매독에 걸려 현역에서 물러났을 거라는 소문도 돌았다. 장태의 관심은 거기 있지 않았다. 그녀가 에이즈든 성병이든 상관없었다. 문제는 그녀가 아무것도 먹지 않는다는 거. 심지어는 장태가 내민 음식까지도 거부하는 그녀였다.

그녀의 풍경은 언제나 한결같았다.

흐트러진 금발.

나른하면서도 텅 빈 몽환의 시선.

완전히 포기한 육체.

갓 스물을 넘긴 그녀의 몸은 여자의 그것이 아니었다.

장태의 식욕 스캐닝이 읽어낸 분위기는,

생기 없이 희미한 색.

오미가 다 결핍되어 있지만 식욕 자체를 거부하는 이미지였
다.

테마는 체념!

갓 스물을 넘긴 여자는 무슨 사연으로 삶을 포기하려는 걸
까.

그런데…….

그런 그녀가 꽃을 가져왔다면?

그건 작은 희망의 전초가 될 수도 있었다.

"흐음……."

장태는 들꽃 향을 음미한 후에 숀리를 돌아보았다.

"숀리!"

"네."

"이것 좀 꽃병에 꽂을래?"

"에, 이 조그만 걸요? 그냥 버리지……."

"희망은 함부로 버리는 게 아니야."

장태가 웃었다.

"으음, 쉐프는 역시 이사벨 누나를?"

아론의 의심어린 시선이 날아왔다. 그러자 옆에 있던 숀리
가 정강이를 걷어차 버렸다.

"이사벨 누나는 오리엔탈 마약쟁이 쥰이 찜한 거 몰라?"

"그 재패니스?"

"재패니스인지 차이니스인지는 잘 모르겠고."

"그런데 이사벨이 쥰 사타구니를 차냐?"

"꽃값도 안 주고 덮쳤나 보지."

숀리와 아론은 서로 지지 않았다. 젊은 이사벨. 그렇기에 구설수도 많았다. 하지만 그녀는, 약은 몰라도 남자는 가까이 하지 않았다.

여자도 가까이 하지 않았다.

"다음은 뭐 만드실 거예요?"

시든 감자를 바라보며 숀리가 물었다.

"폼 수플레와 Dream Of Thousands 어떠냐?"

"천 개의 꿈들요? 멋져요."

숀리가 반색을 했다.

천 개의 꿈.

그건 노숙자들을 가리키는 말이었다. 나날이 바래져 가지만 노숙자들에게도 꿈은 있었다. 그 꿈을 위해 장태와 스승이 일조를 하고 있었다. 꿈이 시들어갈 때면 요리로 무너지는 마음을 지탱해 주었다. 여러 가지 질병도 치료식으로 고쳐 주었다.

하늘이 내린 성자(聖者)!

사람들이 말했다. 하지만 장태는, 그 영광을 모두 스승에게 돌렸다.

　노숙자들에게 희망의 불씨를 지핀 치료식의 출발은 스승이었다. 다만 장태에 의해 본격화가 이루어졌을 뿐.

　"자, 네 실력 좀 보자. 얼마나 늘었는지."

　골똘하던 장태가 손리를 돌아보았다.

　"폼 수플레쯤은 문제없어요."

　손리가 다시 팔을 걷고 나섰다. 장태에게 배운 그는 감자튀김 정도는 감당할 솜씨가 되어 있었다.

　타다닥!

　다다다!

　다시 칼 소리가 주방에 울려 퍼졌다. 손리는 장태를 바라보며 얌전하게 웃었다. 어른 노숙자에게도 각을 세우는 손리가 얌전해지는 순간. 그건 주방의 장태 앞이었다.

　"땡큐다."

　"뭐가요?"

　"오늘 이긴 거."

　"……?"

　"너도 알고 보면 내 스승이거든."

＊　　　　＊　　　　＊

우물의 기적!

사실 손리가 원인이었다. 우물에 들어간 계기가 이 악동의 악의적인 제안에서 출발했기 때문이었다.

"기적의 우물에 들어보내요!"

손리의 목소리는 아직도 귓전에 생생했다.

개고생 좀 시켜요!

손리의 의도는 그것이었다. 그때 손리는 장태를 좋아하지 않았었다.

고난의 우물!

진짜 우물이었다. 안으로 끝없이 깊은 우물은 물의 흔적만 남았다. 그러나 라스베이거스가 이처럼 휘황찬란한 별천지가 되기 전, 사막에 불과하던 이 지역의 젖줄 역할을 하던 태초의 샘물이었다. 그렇기에 달빛 아래 우물 안을 들여다보면 심연을 들여다보는 두려움마저 들었다.

"저 안에서 천지창조의 시간을 채우면 그 사람에게 기적을 안겨준다는 전설이 있네."

대통령이 된 레이건이 그랬고,

물리화학자 폴링 역시 이곳에서 천지창조의 6일을 견디고 노벨화학상을 받았다고 했다.

"깊은 밤, 우물 속을 들여다보면 또 하나의 하늘이 보일 걸세. 그때 내려가면 되네. 고요한 세상에서 마음을 가다듬고 자신이 바라는 모습을 그리면 되는 걸세. 딱 6일 동안, 그러나 힘이 들면 들어갈 때 사용한 줄에 허리를 감고 흔들면 되네. 그러면 끌어올려 줄 테니."

룰은 아드리안이 알려주었다.

쉬운 일은 아니었다. 루퉁도 하루를 견디지 못했고 다른 호기로운 노숙자들도 서너 시간을 버티지 못한 곳.

어느 늦은 밤, 장태는 우물을 내려다보았다. 우물 속에 하늘이 있을까? 허튼 웃음으로 돌아설 때였다. 우물 안에서 서광이 비쳐 보였다.

그때는,

정말 그랬다.

우르릉!

안을 들여다보는 사이 느닷없이 천둥이 울었다. 그리고,

콰자작!

거짓말처럼 장태에게 벼락이 떨어졌다.

"악!"

손리는 비명을 질렀다. 벼락을 맞은 장태가 우물 안으로 떨어져 버린 것이다.

지직, 지지직!

깊은 우물 안은 실타래 같은 전류가 빠직거렸다. 온통 전류

의 그물이었다. 노숙자들이 황급히 몰려들었다.

"경찰에 신고해."

"구조대를 불러!"

루퉁과 노숙자들이 웅성거릴 때 안에서 메아리가 돌아나왔다.

"나는 괜찮아요!"

나는 괜찮아요.

그 한 마디로 천지창조의 카운트가 시작되었다.

1, 2, 3.

카운트 쓰리.

삼 일째 되는 날 숀리가 우물 속에 랜턴을 비췄다. 빛은 뭔가에 막혀 스러졌다. 아드리안이 다가와 랜턴을 치웠다.

"SOS가 나왔더냐?"

숀리가 고개를 저었다.

"그럼 그냥 두어라."

"아드리안……."

숀리의 얼굴에는 우려가 팽팽했다. 미운 마음에 내뱉은 말을 실천한 코리안. 하지만 저 안에서 죽어도 좋을 만큼 미웠던 것은 아니었다.

"천지창조를 할 때는 그 누구도 방해해선 안 돼."

아드리안은 그 말을 남기고 돌아섰다.

손리는 다시 우물 안을 들여다보았다. 어둠은 안으로 깊고 또 깊어 두려운 마음마저 들었다.

'쉐프 손⋯⋯.'

손리의 축축한 목소리가 우물 안으로 떨어졌다.

"죽지 말아요!"

"버텨요!"

"살아서 나오라고요!"

그 소리는 별빛이 되어 장태를 비췄다. 세 번째 변하는 빛이었다.

첫날은 Blue.

둘째날은 Red.

그리고, 오늘 내려온 손리의 목소리는 Yellow였다.

다음 날은 White.

그리고 다섯 번째 날에는 의식까지 차고 드는 묵직한 Black의 빛의 소나기가 이어졌다.

죽음!

알지 못하는 사이에 거기까지 이른 걸까.

낱낱이 흩어진 의식이 연기처럼 풀어지나 싶을 때 깨알만한 빛이 보였다. 자신의 중심이었다. 빛은 또아리를 이루며 커졌다. 깨알에서 주먹으로 바뀌고, 쟁반이 되는가 싶더니 맹렬한 가속이 붙었다.

화아악!

마침내 쏟아진 빛의 폭격, 그 빛은 장태가 보던 세상의 빛이 아니었다.

'문!'

인체에 달린 감각의 문들이 한꺼번에 열렸다.

후각이,

미각이,

촉각이,

이어 무지막지한 파장이 달려와 노도처럼 장태를 쪼았다.

6일째 되는 밤이 돌아왔다.

"……!"

아침부터 우물에 붙어 있던 숀리의 눈에 밧줄이 흔들리는 게 보였다.

"신호가 왔어요!"

숀리가 소리쳤다.

그 목소리에는 미움이 남아 있지 않았다. 털보 루퉁이 림뽀와 노숙자 둘을 데려와 밧줄을 당겼다. 천천히, 장태가 올라왔다.

"……!"

그 모습을 본 숀리가 비틀 물러섰다. 소년의 눈에는 분명,

장태가 아니라 별 덩어리가 올라온 것만 같았다.

하늘 별빛들도 찬란하게 출렁이고 있었다. 더욱 놀라운 건 그 별빛이 수직으로 길을 내며 내려와 장태만을 비추고 있다는 사실. 그 빛은 장엄하기 그지없었다.

"손 쉐프가 별빛에 물든 거 같아요."

숀리가 웅얼웅얼 말했다. 기적의 시작이었다.

＊　　　　＊　　　　＊

장태는 거푸 48시간을 자고서야 깨어났다. 그사이에 몸 색깔이 다섯 번 바뀌었으니 블랙, 화이트, 옐로우, 레드, 블루의 역순이었다.

나중에야 알았다. 그게 바로 오방색이라는 것.

그리고 또 알았다.

오방색……. 모든 사람의 몸이 그 색으로 보이는 걸.

그 시작 역시 숀리였다.

장태가 정신을 차리자 숀리가 수프를 가져왔다. 스승이 보낸 것이었다.

꼴깍!

수프에서 맛난 냄새가 진동하자 숀리가 군침을 삼켰다.

"먹고 싶으면 같이 먹자."

접시를 당긴 장태가 말했다.

"쳇, 나는 수프 같은 거 안 좋아해요."

"그럼 너는 뭐가 먹고 싶은데?"

뭐가 먹고 싶은데!

그 말…….

장태는 지금도 기억한다. 그 말… 같은 목소리에서 나온 건데 생소하면서도 정갈하고 아련한 느낌이었다. 마치 별빛이 언어로 나오는 듯.

"찰리네 햄버거요!"

순간 믿지 못할 기적이 일어났다. 대답하는 숀리의 몸에, 마치 적외선이라도 투영된 듯 선명한 오방색으로 아롱진 것이다.

청색.

적색.

황색.

백색.

그리고 흑색.

처음에는 눈병이 날 줄 알았다. 하지만 사라지지 않았다. 몇 번이고 눈을 꿈벅이다 벽에 쌓아둔 책에 눈이 닿았다.

─산가요록!

─수운잡방!

─음식디미방!

─조선요리법!

장태가 서양 요리에 접목하는 한국 요리책이었다. 거기서 힌트가 왔다.

'오미의 색깔!'

풀어졌던 장태의 의식이 팽팽하게 당겨졌다. 헛것이 아니라면 그건 또한 오미(五味)의 색깔이었다. 다섯 색은 앞서거니 뒤서거니 선명도가 달랐다.

줄을 세우니…….

단맛─신맛─매운맛─쓴맛─짠맛의 순이었다.

자세히 집중하면 색들이 별빛처럼 속삭였다.

─나는 단맛이 좋아요.

─내 몸에는 신맛이 필요해요.

─고기를 주세요.

─채소를 주세요.

속삭임은 신기하게도 색의 분포와 일치했다. 찰랑찰랑 어깨를 겨루는 오방색은 더하고 덜함이 분명했기 때문이었다.

색은 그 기원도 보여주었다.

쏜리의 경우에는 육류〉곡류〉해류〉과일〉채소류 순이었다. 거기에 더해 육류와 해류의 선호는 흰살 생선…….

그러니까 숀리는 단맛 애호가였다.

"닭고기 패티에 달달한 소스를 듬뿍 올리고 신맛 소스를 살짝 가미한?"

자신도 모르게 물었다.

찰리네 햄버거 가게에는 소고기 맛과 닭고기 맛 두 가지가 있었다. 사실 신맛은 숀리가 싫어하는 맛. 그러나 인체는 본능적으로 부족한 걸 채우려 한다. 그건 요리 이론 시간에도 배운 내용이었다.

"우와! 어떻게 알았어요? 오늘은 괜히 신맛이 끌리는 걸?"

느닷없는 질문에 놀란 숀리, 그만 수프를 엎어버리고 말았다. 그렇잖아도 눈앞에서 벼락을 맞은 장태가 아닌가? 장태는 기억하지 못하고 있지만 숀리는 잊지 않고 있었다.

숀리가 전율하는 사이에 장태는 밖으로 나왔다. 이어 가까운 곳의 노숙자에게로 향했다.

매운맛―신맛―단맛―쓴맛―짠맛.

"지금 새우와 게가 들어간 칼칼한 부야베스가 땡기시죠?"

노숙자의 반응도 숀리와 다르지 않았다. 그 역시 칼칼한 해물 스튜가 그립던 참이었다. 장태는 또 다른 사람에게 향했다.

노숙자들의 오방색은 건강하지 않았다. 한둘을 빼고는 예외가 없었다. 확인하고 또 확인한 장태는 경악의 신음을 토하고 말았다.

'맙소사!'

장태에게 능력이 생긴 것이다.

그건 후각도 마찬가지였다. 냄새만으로 온갖 스파이스를 죄다 맞출 수 있었다.

"시나몬과 레몬글라스!"

"홀리 바질과 커큐민!"

"아차르와 프랄린!"

"에스펠페트 고추와 샤프론!"

장태는 눈을 감은 채 모든 향을 알아 맞혔다.

"올스파이스에 커큐민, 정향과 샤프론, 아차르와 홀리 바질, 그리고 마늘과 레몬 소금."

십여 가지를 섞어 볶아도 마찬가지였다. 심지어는, 사람의 몸에 배인 냄새까지도 맡을 수 있었다. 200여 가지가 테스트 되는 동안 장태는 한 번도 실수하지 않았다.

"이건 인간이 아니야!"

테스트 하다 지친 숀리가 고개를 저었다.

"자네, 대체 무슨 소원을 빈 건가?"

장태를 지켜보던 아드리안이 물었다.

"꼭 한 가지를……."

"그러니까 그게 뭐냐고요."

손리가 재촉을 했다.

"별처럼 많은 사람들… 그 사람들은 저마다 어떤 요리를 원하는 건지……."

—뭐가 먹고 싶나요?

—어떤 요리를 원하시나요?

장태가 꿈꾸던 마법의 주술…….

그건 사실이었다.

장태, 우물에 발을 디딘 후부터 오직 그 하나만을 생각했다. 요리는 부단한 노력으로 보완할 수도 있었다. 하지만 손님의 식욕과 기호는 연습으로 될 일이 아니었다.

사람의 식욕을 알 수 있다면, 그의 기호를 알 수 있다면, 더 만족할 요리를 만들 수 있었던 것이다.

"아무리 그렇다고 해도 이런 일이……."

스승이 고개를 젓자 아드리안이 부연을 했다.

"그에게 사막의 기적이 내린 거라네."

사막의 기적!

사막은 무엇으로 이루어졌던가? 무수한 모래로 제국을 이룬 대지가 사막이었다. 오랜 바람과 역사, 시간을 품었던 사막의 색깔이 장태에게 녹아든 것이다. 그 태초의 향과 바람들이 장태의 몸에 녹아든 것이다.

〈뭐가 먹고 싶나요!〉

그 말 한마디면 되었다.

그렇게 물으면, 그 사람의 식욕과 성분, 음식기호도가 오방색으로 보였다.

그 사람의 몸에 부족하고 넘치는 게 무언지, 무엇이 얼만큼 필요한지, 현재의 식욕은 어떤지, 즐기는 음식의 기호는 무언지.

단맛, 짠맛, 신맛, 쓴맛, 매운맛. 거기에 더해 감칠맛, 떫은맛, 아린맛에 교질맛의 9미(味)까지.

그 사람의 식성과 식욕을 한눈에 보는 힘을 얻은 것이다.

무려 9미였다.

이때부터 모든 게 초고속이었다. 스승의 레시피를 신들린 듯 흡수했다. 엄청난 발전을 지켜본 스승은 그의 애도, 타오를 넘겨주었다.

"이 칼의 주인은 너다."

틀리지 않았다. 타오는 장태의 손 안에서 더욱 빛을 발했던 것이다. 크리스에 대한 배틀은 거기서 시작이 되었다. 스승이 마음을 연 게 단초였다.

장소는 샤워실.

그때 비로소 스승 왼손의 비밀을 알았다. 늘 한 손에만 장갑을 끼고 있던 비밀을······.

왼손은 의수였다.

무수한 쉐프들에게 도전장을 내밀었던 유랑 쉐프. 스승의 직분은 낮아서 아름다웠지만 도전을 받은 쉐프들의 생각은 달랐다.

"듣도 보도 못한 놈이!"

반응은 거의 비슷했다. 덕분에 악의적인 대가를 요구하는 사람이 많았다.

지면 한 달 간 허드렛일을 하라거나 큰절 정도는 양반에 속했다. 짓궂은 쉐프는 상한 재료를 내놓았고 동성애자 쉐프는 원나잇을 제의하기도 했었다.

스승은 수십 번을 이기고 세 번을 졌다. 다행히 세 쉐프는 옵션을 행사하지 않았다. 그저 각오를 보기 위한 옵션인 데다 대결 과정에서 스승의 솜씨에 반했던 것이다.

그렇게 요리를 발전시켰다. 동서양과 아프리카의 요리를 몸으로 섭렵했다. 코리아에서 남아프리카공화국까지.

그 모든 과정을 헤쳐 온 스승이 만난 단 한 번의 절망. 바로 크리스였다. 더구나 크리스의 주방에서 나오는 불미스러운 소문을 듣고 있던 장태. 수많은 노숙자들은 호텔과 카지노의 소문도 상당수 꿰고 있었다.

스승의 사연을 들은 장태.

피가 거꾸로 치밀었다.

"제가 붙겠습니다."

장태는 대리 복수를 자처했다.

"안 돼."

스승은 당연히 반대하고 나섰다.

머리를 써야 했다.

"저랑 내기 하나 하시죠."

어느 날, 스승에게 슬쩍 미끼를 던졌다. 그 대상이 바로 며칠 전에 쉼터로 온 30대 초반의 안나였다.

난민 출신의 안나.

바다를 떠돌던 배가 난파되면서 남편을 잃었고 아이까지도 출산 직후에 잃고 말았다. 우여곡절 끝에 미국에 도착한 그녀는 그 충격을 벗어나지 못해 폐인이 되었다.

몸이 망가지고 아이 생각이 더해 식음을 전폐하며 헤매다 노숙자 쉼터로 온 그녀. 장태와 스승이 그녀를 챙기려했지만 식사를 거부하고 있었다.

"무슨 내기 말이냐?"

"안나에게 요리 먹이기요."

"안나?"

"재미있지 않을까요?"

그녀를 배불리 먹이기!

배틀은 단순했다. 그러나 옵션을 붙였다.

이기는 사람의 소원 들어주기.

장태는 그 증인으로 아드리안을 내세웠다. 스승에게 영향을 미칠 수 있는 건 오직 그뿐이기 때문이었다.

다닥타닥!

스승과 나란히 요리를 했다.

뭐가 먹고 싶나요!

그 능력은 쓰지 않았다.

스승이 조건으로 내건 것도 아니었지만 마음이 그렇게 시켰다.

요리는 스튜였다.

스승은 결 따라 떼어낸 닭고기를 중심으로 당근과 감자, 양파를 넣고 화이트 스튜에 속하는 프리카세를 만들었다.

흰 재료들 사이에서 당근이 고운 색을 발하는 작품으로, 구수한 냄새가 진동을 했다. 닭갈비살을 오븐에서 노릇하게 구워 고소함을 올리고 올리브기름과 참기름을 혼합해 풍미를 살렸기 때문이었다.

지글지글!

닭살 익어가는 소리처럼 기분도 좋았다. 스승과의 공식 대결은, 노숙자 쉼터에 자리 잡은 이후에 처음이었다. 오븐에서 노릇하게 변한 닭갈비살이 나오자 노숙자들이 몰려들었다. 위장의 바닥부터 흔들어대는 냄새. 언제 봐도 파워가 다른 스승이었다.

반면, 장태의 스튜는 담담해 보였다. 어찌나 담담한지 숀리가 실망할 정도였다.

'보나마나네……'

숀리는 한숨을 쉬었다.

잠시 후에 두 개의 접시가 안나 앞에 내밀어졌다.

"두 쉐프가 최선을 다 한 요리니 한 스푼이라도……."

아드리안이 권하자 안나도 마지못해 스푼을 집어 들었다.

첫 스푼은 스승의 접시였다.

두 번째는 장태의 접시로 향했다.

세 번 째와 네 번째도 스승의 접시로 돌아갔다.

'그럴 줄 알았어.'

지켜보던 숀리가 고개를 저을 때, 안나의 스푼이 방향을 틀었다. 그녀는 아예 접시 째 집어 들었다. 장태의 접시였다.

"아가 냄새가 나는 거 같아요."

장태의 스튜를 깔끔하게 비워낸 안나가 울음 섞인 목소리를 토했다. 스승이 장태를 돌아보았다.

"땅콩이나 아몬드가루 같은 걸로 고소함을 더할까 하다가 안나 생각을 했어요. 그랬더니 독특한 냄새가 그녀의 갈증과 평형을 이루는 거예요. 그게 바로……."

바닐라 꼬투리.

바닐라 향을 추출하는 재료.

장태의 비법 스파이스는 그것이었다.

"바닐라에는 바닐린이라는 성분이 있잖아요? 그게 인간의 모유에도 있거든요. 아이가 모유를 찾는 건 본능적인 일이기도 하지요. 엄마와 아이의 상호작용……. 엄마에게도 바닐라 향이, 안나의 젖을 먹던 아이에게도 바닐라향이……. 그 맛이 안나의 빈 곳을 채울 수 있을까 싶어서."

"이것도 자네의 새 능력이 알아낸 건가?"

스승이 그제야 물었다.

"죄송하지만, 이번에는 그냥 만들었습니다."

"……!"

스승은 깨끗하게 승복했다. 우물에서 얻은 능력을 쓰지도 않았다면 스승까지 배려한 마음이 아닌가?

하지만!

스승이 생각지 못한 일은 그다음에 일어났다.

"지셨으니 소원 들어주세요."

장태가 꺼내든 소원은 바닐라 꼬투리를 이용한 스튜보다 더 상상 너머에 있었다.

─크리스 쉐프에게 대리 도전!

절대 불가!

스승이 펄쩍 뛰었지만 장태는 아드리안을 바라보았다. 이럴

때를 대비해 그를 증인으로 삼았기 때문이었다.

"흐음……."

아드리안은 고민하는 빛이 역력했다.

하지만,

"찬성, 손 쉐프라면 크리스에게 제동을 걸 수 있을 거야!"

그는 결국 장태 손을 들어주었다.

아드리안을 이용해 스승을 낚은 장태. 그건 아드리안까지 배틀에 동참시키는 신묘한 한 수가 되었고 오늘에야 첫 결실을 보았던 것이다.

NBA의 전설, 미식가 슐런트와의 만남.

그리고 크리스에게 대결 신청…….

짧은 시간 동안 많은 일들이 일어났다. 브로콜리 끝에 매달린 몽오리처럼.

6장

오늘의 스페셜,
풍치환자용 스테이크

　장태가 회상에 한참일 때 아드리안은 스승에게 다가서고 있었다.

　"쉐프!"

　"……"

　"문제가 생겼나? 표정이 무거운데?"

　그는 작은 나무 의자를 당겨 앉았다. 늘 사람을 편하게 만드는 집시들의 리더 아드리안. 표정만으로 감을 잡은 모양이었다.

　"조금요."

"터무니없는 옵션이라도 걸린 모양이군?"

"조금요."

"크리스가 또 손목이라도 걸라고 했나?"

"……."

"쉐프!"

"그전에 100만 불이 걸렸습니다."

"100만 불?"

"호텔 카지노에 첫 고객이 오는데 요리로 마음을 사로잡아 100만 불짜리 단골 빅 게이머로 만들라는……."

"크리스다운 제안이군."

아드리안이 웃었다.

"짐작했다는 겁니까?"

"뭐, 솔직히 쉐프도 어느 정도 예상은 했을 거 아니신가? 로엘을 징검다리로 삼았지만 그걸로 만족할 크리스가 아니지."

"하지만 100만 불은……."

"우리 손 쉐프가 덥석 콜을 받아버린 모양이군."

"예……."

"저 친구 말이야, 정말 대단하지? 무소의 뿔처럼 거침이 없으니……."

"……."

"그 스승에 그 제자야. 안 그런가? 쉐프 강?"

아드리안은 알고 있었다, 만약 장태가 로엘에게 져서 어떤 희생을 치러야 하는 불상사가 온다면, 스승이 대신 목이라도 내놓을 거라는 걸.

"아무래도 포기해야겠습니다. 아드리안도 아시겠지만 100만 불 게이머란……."

"뿔 잘린 무소가 되고 보니 젊은 무소의 돌진이 무모해 보이시나?"

"아드리안……."

"아마 쉐프의 과거도 그랬겠지. 온갖 종류, 온갖 국가의 쉐프를 만나고 겨루며 헤집고 온 그 뚝심……. 그때의 쉐프는 하느님도 못 막았을걸."

"저보다 할 일이 많은 놈입니다."

제자를 아끼는 스승의 마음. 그게 고스란히 묻어나왔다.

"그 첫 번째가 어떤 고객을 100만 불짜리 빅 게이머로 만드는 것이고?"

"아드리안!"

"내가 알기로 날아가는 화살을 막을 수 있는 건 세월밖에 없는 걸로 아네만."

"……."

"큰 성취를 얻으려면 그만한 각오나 희생이 따르는 법 아닌가? 그래야만 마음속 근육이 커지는 거고."

"그렇게 말씀하시면……."

"기억하시나? 우리 손 쉐프가 우물 속에 들어간 날?"

"그거야……."

"무려 6일 동안 끽 소리도 없었던 유일한 친구지."

"……."

"전에 들어간 다른 친구들 봤지? 두 시간도 못돼 징징거리
며 나오는 꼴들……."

"……."

"그런데 손 쉐프는 어땠나?"

"……."

나는 잊지 못하네.

아드리안의 눈빛은 하늘의 별을 밟고 있었다.

그건 그렇지요.

스승의 눈도 하늘로 올라갔다. 별빛은 오늘도 찬란하게 쏟
아지고 있었다. 화려한 도시 속에서 잊혀져가던, 라스베이거
스의 기원이자 태초의 우물…….

이심전심!

그날을 생각하면 둘은 하나로 통했다.

뎅뎅!

식사를 알리는 종소리가 울렸다.

"쉐프께서 가끔 잊는 거 같은데……."

자리를 털고 일어선 아드리안이 조용히 말을 이었다.

"당신의 제자는 고작 100만 불짜리가 아니라네."

아드리안은 온화한 미소를 남기고 돌아섰다.

하긴!

인정!

스승의 눈길은 다시 별을 향했다.

그날 이후 장태는 비로소 잠재된 능력이 폭발적으로 열렸다. 이제는, 솔직히 말해 자신의 제자로 불릴 실력이 아니었다.

크리스 역시 실력이 늘었겠지만 장태가 밀리지는 않았다. 우려스러운 건 크리스의 음모일 뿐······.

가만히 돌아보니 집시와 노숙자들이 노래를 부르고 있었다. 누군가는 벌써 모닥불을 피워놓았다. 토닥토탁 타는 모닥불에서 불똥이 튀어 올랐다. 불똥과 별빛이 하늘 중간에서 만났다.

100만 불!

'나도 별이 될 순간이 가까워진 모양이군. 온갖 대륙을 열정 하나로 휘젓던 게 언제인데 고작 100만 불 따위에 쫄다니······. 윽!'

다시 격렬한 통증이 찾아들었다. 그러고 보니 스승이 걱정해야 할 일은 따로 있었다. 그건 바로 장태가 위너가 되는 순간을 살아서 보는 것.

'그러자면……'

먹어야지.

스승은 아랫입술이 터지라 깨물며 일어섰다. 그 앞으로 장태가 걸어왔다. 스승을 위한 특별식을 내밀었다.

여러 항산화 식재료를 넣어 만든 수프. 그 위에 진통제를 겸해 뿌려진 스파이스들이 왠지 별빛처럼 보였다.

"남기지 마시고 다 드세요."

장태가 웃었다. 스승이 보니, 자신의 식욕에 해당하는 딱 그만큼의 양이었다.

귀신이 따로 없었다.

"가 보거라. 다른 사람들 음식 식는다."

스승이 말했다. 장태의 낡은 카터에는 다른 노숙자들의 치료식이 보였다. 꾸벅 인사를 한 장태는 손리와 함께 치료식을 돌렸다.

"이건 누구 거죠?"

공원을 돌던 손리가 마지막 접시를 들며 물었다.

"이사벨 몫!"

아주 특별한 스파이스를 뿌린…….

"에, 그 누나는 먹지도 않는데 왜 또……."

손리가 눈살을 찌푸렸지만 장태는 이사벨 쪽으로 향했다.

그녀는 가로등 아래 있었다. 진한 환각제 냄새가 장태 코를 찔렀다. 그녀는 여전히 눈길 한 번 주지 않는다.

식욕 게이지 0%!

오늘도 절대무변.

음식을 이사벨 무릎 옆에 내려놓았다. 가까이서 보니 그녀 셔츠의 금빛 물고기가 더 선명해 보였다.

"꽃 고마웠어."

말을 붙여도 소용없다. 몽롱한 시선은 허공에 있고 손가락도 허공에서 허우적거렸다. 황홀한 마취 속에서 연주라도 하는 걸까?

조용한 미소를 남기고 돌아섰다. 먹지 않을 것이다. 그녀의 식욕 게이지가 반응하지 않기에 알 수 있었다.

오방색 분석조차 쓸모없게 만드는 그녀의 환각제…….

그래도 상관없었다. 음식이라는 것, 꼭 입으로만 먹는 게 아니다. 때로는 눈으로도, 코로도 먹을 수 있다.

이사벨 옆에서 장태의 요리가 모락모락 김을 피워 올렸다. 저 김은 기어이 이사벨의 콧속으로 들어갈 것이다. 그리고 도달하겠지. 그녀가 가진 깊은 상실. 그 깊은 체념 속으로.

"어이, 쉐프. 그거 내가 먹으면 안 되나?"

이사벨의 뒤쪽에서 한 노숙자가 일어섰다.

"이사벨 몫입니다."

장태가 잘라 말했다.

"이봐, 그 여자는……."

"이사벨 몫이라잖아?"

그의 뒤에서 루퉁이 소리쳤다.

"내 말은……."

"말귀 못 알아먹어?"

루퉁이 인상을 쓰자 노숙자는 입술을 실룩이며 멀어졌다.

"쉐프, 내가 지켜볼 테니까 걱정 말고 가."

루퉁의 목소리는 늘 듬직했다.

"고맙습니다."

"고맙긴. 우리가 고맙지. 아, 그런데 말이야……."

루퉁이 장태를 바라보았다.

"네?"

"이거 전부터 궁금하던 건데……. 저기 우물 속 있잖아."

"네……."

"거기 쥐 없었나?"

"있었는데요."

"안 물어뜯어?"

"제가 들어가니까 어디론가 사라지고 나타나지 않았어요."

"그놈들 사람 차별하는군. 내가 들어갔을 때는 바글바글 달려들어서 차마 견딜 수가 없었는데."

루퉁은 쩝 입맛을 다셨다.

"쳇, 아저씨하고 우리 쉐프하고 똑같아요? 맨날 씻지도 않으면서······."

"얌마, 언제는 내가 제일이라더니. 그리고 엊그제 저쪽 연못에서 샤워했어."

루퉁이 빼액 소리쳤다.

"그럼 부탁합니다."

장태는 묵례를 남기고 돌아섰다. 루퉁이라면, 아드리안 다음으로 믿을 만한 사람이었다.

"아무튼 이러니까 이상한 소문이 도는 거예요."

"무슨?"

"쉐프가 이사벨을 찜했다는······."

"너도 그렇게 생각하니?"

"줘도 먹지도 않는데 저렇게까지 하니까 그런 거 아니에요?"

숀리의 볼멘소리는 빈 카터처럼 덜컹거렸다.

"한국 말 중에 이런 말이 있거든."

"무슨 말요?"

"가랑비에 옷이 젖는다."

"한국 사람들은 가랑비 올 때 우산 안 써요?"

"그냥 비유야. 작은 것도 쌓이면 힘이 된다는······."

장태는 손리의 머리를 비비며 걸었다.

이건,

치밀하게 계산된 장태의 시도였다.

사람은 할 수 없는 일.

요리는 할 수 있었다. 그저 이사벨 곁에 있기만 하면 되는 것이다. 무럭무럭 솟아나는 김을 뿜기만 하면 되는 일이다. 김은 천천히, 그녀의 위에서 반응하게 될 것이다. 잠든 미각을 부드럽게 쓰다듬을 것이다. 그녀가 잊어버린 맛의 기억. 삶의 애착에 관한 기억……

소나기만 사람의 옷을 적시는 게 아니다.

가랑비도 두고두고 맞으면 옷이 흠뻑 젖는 법!

*   *   *

오늘의 레시피!

눈을 뜬 장태는 그 자리에서 스승의 레시피 하나를 복기했다. 눈을 뜨면 일과처럼 시작되는 레시피 복기. 중대한 매치가 있다고 해서 예외는 아니었다.

오늘은 저 유명한 스테이크 '샤토브리앙'이었다.

재료는 소의 안심.

1) 안심의 헤드 바로 밑 부분을 두툼하게 도려낸다. 좋은 고기를 만나면 반 뼘 두께도 나온다.

2) 구운 소금과 흑후추 등으로 밑간을 한다.

3) 육질을 연하게 하려면 무화과나 키위, 양파를 갈아 올린다.

4) 무화과 양파 등을 털어내고 그릴에 올려 굽는다.

5) 고기가 익어갈 때 버터를 뿌려 육즙을 가둬준다.

6) 겉만 살짝 익힌 상태로 부드러운 육질을 즐긴다.

흠흠······.

이미지만으로도 향긋한 스테이크 폴폴 냄새가 나는 것 같았다.

맛있겠다.

다른 레시피를 넘겼다.

크리스······.

어떤 요리를 요구하고 나올까? 장창뻥과 친룽은 어떤 메뉴를 고를까? 스승의 레시피와 그걸 녹여낸 장태만의 레시피가 주르륵 넘어갔다.

'설마 눈 감고 겨루자고 하지는 않겠지.'

꼴깍 목젖이 움직일 때 숀리의 목소리가 들려왔다.

"쉐프, 오늘의 스페셜 재료가 왔어요."

오늘의 스페셜.

다행히 호텔 짜투리 재료에서 스탠다드급 소고기가 조금 나왔다.

　오늘의 스페셜은 장태가 만든 이벤트였다. 하루에 딱 한 명의 노숙자, 누군가를 위한 특식이 마련되는 것이다. 반응은 처음부터 굉장했다.

　그걸 정하는 건 공평한 추첨. 관장은 루퉁과 림뽀가 하고 있었다.

　장태는 달콤한 냄새가 진동하는 스테이크를 접시에 올렸다. 장식은 고작 구운 레몬 한 조각과 브로콜리 두 쪽이었다. 이 또한 특급 호텔에서 나온 짜투리 식재료의 활용이었다.

　다다다닥!

　도마를 울리는 타오의 칼질 소리.

　조—오—타!

　"샘 할아버지 정신은 드셨고?"

　장식을 끝낸 장태가 물었다. 스테이크 덕분에 몸도 제대로 풀렸다.

　"네, 쉐프의 요리를 기다리고 있어요."

　"그럼 가볼까!"

　장태는 깍지 낀 손을 쭉 뻗으며 긴장을 풀었다.

　"쉐프, 이거요."

　숀리가 내민 건 동그란 알이 담긴 접시였다.

"뭐지?"

"맛알이에요. 오늘은 대결이 있잖아요. 쉐프께 행운을 드릴 거예요."

"네가 만들었니?"

"네, 독일인 친구가 도와줘서 겨우 완성했어요."

접시 안에는 연어알보다 조금 큰 알이 가득 담겨 있었다.

이 엉뚱발랄한 놈. 대체 또 무슨 장난을 친 거지?

몇 개 입에 넣고 우물거리니 토마토의 달고 신맛이 연구개까지 가득 퍼졌다.

"어때요?"

"굉장한 걸? 이걸 어떻게 만들었어?"

"알긴산하고 염화칼슘요. 처음에는 헤맸는데 결국 성공했어요."

숀리는 신이 나서 소리쳤다. 그럴 법도 했다. 조금은 엉성하지만 이 또한 분자요리의 일종이었다.

"고맙다. 행운의 알을 먹었으니 우주 최강의 쉐프를 만나도 문제없겠어."

"진짜죠?"

"그럼."

"이건 아론이 주는 거예요."

숀리가 사탕 몇 개를 장태의 요리복 주머니에 찔러 넣었다.

크리스와의 대결에 보내는 악동들의 응원인 모양이었다.

"비켜주세요 쉐프의 카터가 지나가요!"

입이 햄버거만큼 벌어진 숀리가 길을 헤치며 뛰었다. 분주한 뜀박질 사이로 집시들의 노래인 플라밍고가 섞여들었다.

스테이크를 먹을 주인공은 커다란 나무 아래 있었다. 늙고 또 늙은 그는 나무에 등을 기댄 채 장태를 맞았다.

"쉐프……."

"부탁하신 스테이크입니다."

"오오!"

접시를 받아 든 집시 노인, 엉성한 이빨 사이로 감탄을 밀어냈다.

"좋군. 내가 좋아하는 딱 그 냄새야."

노인은 눈을 감은 채 오래, 음식 냄새에 취했다. 그건 당연한 일이었다. 노인의 몸에서 읽어낸 식욕 스캐닝을 토대로 만든 요리기 때문이었다. 그의 체색은 붉은색, 즉 달콤한 맛 선호자였다.

"숀리!"

노인은 해사한 미소와 함께 소년을 불렀다.

"이건 네가 먹으렴. 나는 냄새만으로도 충분하니까."

노인이 접시를 내밀었다. 노인의 나이는 87세. 한 달 전쯤부터 노숙자 쉼터에 합류했다. 그는 췌장암 말기로 생명줄이 경각에 이른 사람이었다.

따라서 장태의 치료식도 거부했다. 시간 낭비 말고 다른 사람이나 돌보라는 게 그의 요지였다.

고향은 지중해.

젊은 날 프랑스를 거쳐 미국으로 들어온 그의 인생역정은 한 편의 드라마로도 모자랐다.

그 어느 한때, 그는 빛나는 사업가이자 미식가였다. 그러다리면 브러더스 사태 때 모든 것을 잃었다. 아내와 재산, 심지어는 건강까지.

그에게는 두 가지 고통이 그림자처럼 붙어 있었다. 장태의 스승처럼, 암 말기에 찾아온 극렬한 고통에 더해 잇몸이 벌겋게 내려앉은 풍치로 인한 치통까지. 덕분에 스테이크는 꿈도 꾸지 못하는 상황이었다.

하지만, 인간은 지독히도 이중적.

씹지 못하면, 씹는 게 더 땡기게 마련이었다. 그랬기에 노인은, 마지못해 참가한 오늘의 스페셜에 뽑히자 모든 이의 예상을 깨고 스테이크를 주문한 것이다.

듬성듬성한 이빨에 치통까지.

그런데도 스테이크 주문.

―냄새라도 맡으려는 건가?

이런저런 뒷말이 나왔지만 장태는 개의치 않았다.

"한 입이라도 드셔보시죠. 손 쉐프가 정성을 다한 요리인데……."

지나가던 아드리안이 말했다. 그래도 노인은 고개를 저었다. 완고하다. 이 노인은 늘 그랬다.

"안 되는 건 안 되는 거라오."

"숀리!"

이번에는 장태의 목소리가 뒤를 이었다.

"딱 한 점만 드려보렴. 빨다 뱉으셔도 상관없으니."

"알았어요."

씩씩한 숀리가 스테이크 한 점을 내밀었다. 노인은 주저했지만 장태와 아드리안이 거듭 권하자 겨우 입을 벌렸다.

우물!

노인이 입술을 꼼지락거렸다. 하지만 이내 스테이크를 뱉어냈다.

"푸하!"

단발마와 함께 잠시 동안 어색한 정적이 이어졌다.

"역시 무리네."

"그러게. 저 죽이는 스테이크를 못 먹다니……."

노숙자들이 혀를 찼다. 당황한 숀리는 장태를 바라보며 다음 지시를 기다렸다. 장태는 빙그레 웃으며 말했다.

"한 입만 더!"

노숙자들은 귀를 의심했다. 늘 열정적인 코리아 출신의 젊은 쉐프. 많은 사람들의 질병을 요리로 고쳐 주던 그였다. 하지만 그래도 이건 아니었다. 제아무리 맛난 스테이크라고 해도 풍치가 최고조에 이른 노인에게는 테러이자 만행이었다.

반전은 그때 일어났다.

쩝!

몇 번 입맛을 되새김질한 노인. 거푸 손짓을 하며 손리를 재촉한 것이다. 손리는 다시 한 점을 노인 입으로 밀어 넣었다.

"후아!"

이번에는 고기 대신 터질 듯한 입김이 가득 밀려나왔다. 노인은 천천히 스테이크를 우물거렸다. 이어 믿기지 않는 행동을 보였다. 손리가 들고 있는 접시를 덥석 뺏어 든 것이다. 노인은 스테이크를 깨끗이 비워냈다. 치통 따위는 원래 없는 사람처럼 보였다.

"손 쉐프……."

접시를 비워낸 노인의 눈에 눈물이 배어나왔다.

"다 드셔주시니 고맙습니다."

장태는 깍듯한 예우로 눈물에 보답했다.

"아닐세. 늘 까칠하게 대한 내가 면목이 없네."

"별말씀을……. 아픈 사람은 원래 매사가 짜증스러운 법입니다."

"지상 최고의 만찬이었네. 마치 천국의 고기 같은 부드러움이라니……."

노인이 장태의 손을 잡았다.

"천국에는 더 맛있는 스테이크가 있을 겁니다."

"그렇겠지?"

노인이 웃었다. 살며시 우러나는 주검의 냄새. 장태가 도와주기에도 이미 늦은 그였다. 어쩌면 그는 장태가 없는 사이에 천국에 도달할 수도 있었다.

하지만 걱정하지 않았다. 그에게 든든한 식사를 대접했다. 그 역시 집시의 피를 가지고 있다니 천국으로 가는 길을 잊을 리도 없었다.

스테이크 만드는 건 큰일이 아니었다. 좋지 않은 상태의 고기였지만 먹을 수 있는 부분만을 가려낸 장태. 고기에 격자무늬를 가지런히 넣었다. 그런 다음 칼등으로 정성껏 두드렸다. 다행히 식당에 양파와 꿀이 있었다. 고기 표면에 꿀을 바르고 다진 양파로 양면을 덮은 후에 재워두었다.

이어 양파를 제거하고 구운 소금과 흑후추로 밑간을 넣었다. 그런 다음 팬에 녹인 버터로 고기의 여섯 면을 고루 구워 육즙을 가뒀다. 그때 그때 고기에 버터를 고루 뿌려주며 풍미를 높인 게 수고라면 수고였다.

그걸로 끝이었다.

단시간에 고기를 부드럽게 하는 벌꿀과 양파의 조화. 버터를 이용해 고기 표면에 육즙을 가두는 막을 형성한 것. 이 두 작용이 시너지를 일으키며 고기를 부드럽게 만든 것이다.

소스는 비네그레트에 미량의 올스파이스와 벌꿀을 첨가했다. 원래는 그레이비소스를 많이 쓰지만 고기의 촉촉함을 위해 만든 응용 버전. 때문에 입에 넣고 우물거리면 단맛의 폭풍과 함께 풍후한 감칠맛으로 육질이 풀어지는 것이다.

오늘의 스페셜―입에서 녹는 스테이크!

노숙자들의 즐거움의 하나가 된 행사는 성공적으로 마무리되고 있었다.

짝짝짝!

박수 소리 사이로 아침 해가 불쑥 솟아올랐다.

"오늘 중요한 대결을 하러 간다고?"

장태 손을 잡은 노인이 물었다.

"예."

"쉐프가 이길 걸세."

"고맙습니다."

"그 소식은 듣고 가야겠군."

"……"

가만히 손을 놓고 일어섰다. 노인은 하얀 미소로 장태에게 힘을 실어주고 있었다. 그가 할 수 있는 최상의 보답이었다.

'반갑구나, 오늘아!'

고개를 돌린 장태는 금빛 햇살을 마주보며 중얼거렸다. 그 햇살 안에서 황금빛 유리로 도도한 만달레이 베이 호텔이 아른거렸다.

크리스 쉐프가 거기 있었다.

스승을 위해 코를 눌러주고 싶은 사람.

마침내 100만 불짜리 아침이 찬란하게 밝아온 것이다.

7장

100만 불짜리 옵션

"꿈은 잘 꾸었나?"

만달레이 베이의 주방에서 다시 만난 크리스는 금빛 단추의 요리복을 입고 있었다. 모자 높이는 족히 50센티미터쯤 되어 보였다. 그는 원래 전설적인 요리사로 꼽히는 '에스코피에'의 추종자.

에스코피에 또한 자신의 위엄을 위해 큰 모자를 썼으니 그 흉내를 내는 게 이상할 것도 없었다.

"덕분에!"

장태는 손에 든 타오를 내려놓고 칼집을 열었다.

"그걸 아직도 쓰나?"

타오를 바라본 크리스가 차가운 미소를 흘렸다.

"보기보다는 쓸 만하거든."

"곧 귀빈이 도착하실 걸세. 칼이야 뭘 쓰든 자유지만 오늘은 우리 주방의 쉐프로 요리하는 거니까 옷은 우리 복장으로 갈아입는 게 기본이겠지?"

"당연히!"

장태는 크리스의 옆에 서 있던 보조에게 요리복을 받아 들었다. 크리스의 것보다 작지만 모자도 있었다.

"마마보이도 아닌데 지켜보시려고?"

크리스의 시선이 오만을 떨며 스승에게 건너갔다.

"말이 많은 걸 보니 겁이 나는 모양이군?"

스승이 대꾸했다.

"겁?"

"원래 말 많은 쉐프치고 신통한 사람이 없거든."

"그래도 손 없는 쉐프보다야 낫겠지."

크리스는 스승을 도발하며 요리사 복장을 던져 주었다.

"참관하려면 규칙이나 준수하시지."

많은 레스토랑에는 보통 두 가지 불문율이 있었다.

—요리복 착용!

—사적인 대화 금지!

물론 핸드폰까지 금지하는 곳도 드물지 않았다. 이 모두 요리를 위한 조치였다.

"재료는 뭘 써도 상관없네. 자리는 저곳!"

크리스가 구석의 테이블을 가리켰다. 이미 준비를 마친 테이블이었다.

"쉐프, 예약 손님이 오셨습니다."

잠시 후에 또 다른 보조가 들어와 소식을 전했다.

"직접 오더를 받을 텐가? 아니면 받아다줄까?"

크리스가 물었다.

"직접!"

장태가 보조에게 손을 내밀었다. 메뉴판을 달라는 의미였다. 메뉴판은 크리스의 턱짓이 있고서야 장태 손에 넘어왔다. 펼쳐 보지는 않았다. 뭐가 되었든 만들어낼 생각이었다. 그게 아프리카 오지의 요리거나 러시아 황제들이 먹던 요리라고 해도.

"행운을 비네!"

비웃음이 섞인 크리스의 말을 들으며 장태는 보조의 뒤를 따랐다. 그가 멈춘 곳은 특실이었다. 빅 게이머를 위한 스페셜 테이블. 장태가 심호흡을 하는 사이에 보조가 노크를 울려댔다.

똑똑!

"헬로우!"

문을 열자 힘찬 인사소리가 들려왔다. 장태는 정중한 묵례를 올린 후에 고개를 들었다.

"……!"

명품 수트에 명품 시계, 그리고 구두. 날렵하게 빗어 넘긴 헤어스타일에다 최신 유행 선글라스를 눌러쓴 청년 사업가가 거기 있었다. 생각보다 젊어 조금 뜻밖이었다.

"모시게 되어 영광입니다."

장태는 중국어로 손님을 맞았다. 장창뼝에게 중국어 억양이 깃들어 있기 때문이었다. 로마에서 만난 쉐프 지망생 '진'에게 1년여 가까이 배웠고 뉴욕 주방에서는 일본인에게 일본어를 배운 터라 두 언어 다 소소한 대화 정도는 가능한 장태였다.

"당신은 누구죠?"

청년도 중국어로 나왔다. 힘과 열정이 가득하지만 세련되지는 못한 몸짓. 유서 깊은 가문의 자제가 아니라 IT 등을 기반으로 급부상한 신흥 사업가라는 느낌이 왔다.

"오늘 요리를 책임질 쉐프 손님니다. 모시게 되어 영광입니다."

장태가 공손히 말했다.

"요리를 책임진다고요?"

청년의 목소리에 살짝 금이 가기 시작했다.

"최선을 다해 모시겠습니다."

"아니, 뭔가 전달이 잘못된 모양인데……."

청년이 자세를 고쳐 앉았다. 여전히 벗을 생각이 없어 보이는 선글라스. 장태에게 불길한 신호였다.

"당신 말고 크리스 있죠? 그분을 불러주세요."

"예?"

"내 친구 친룽이 말하길 그의 요리가 최고라고 했어요. 난 그 요리를 먹으러 온 거라고요."

"사장님!"

"크리스 부르세요, 큼!"

청년의 표정이 확 굳어지는 게 보였다.

콰앙!

순간 장태의 뇌리에 무차별 폭격이 작렬했다. 크리스가 말한 무조건의 옵션 때문이었다. 그 조건에 따르면 이런 경우도 탈락이었다. 식성 오방색 분석이고 뭐고 바로 인대를 내놓아야 할 판이었다.

'어쩌면 미리 이렇게 예정되었을 수도 있는 일…….'

장태의 머리가 팽글팽글 돌아갔다. 크리스라면 그럴 수도 있었다. 자신의 스페셜 고객으로 모셔놓고 다른 쉐프를 들여보낸다. 상대는 잔뜩 기대를 하고 온 터, 더구나 레벨이 낮은 쉐프가 들어왔으니 유쾌할 리가 없었다.

이때 크리스가 들어오는 것이다. 아랫사람의 실수라고 정중히 사과하고 오더를 받으면 손님의 만족도는 더 올라가고 자신의 위엄도 함께 높아진다. 주로 이류 쉐프들이 상대방을 높일 때 써먹는 삼류 응대 방식이었다.

'이렇게 물러설 수는 없지.'

장태는 굳어가는 얼굴에 활짝 폈다. 그리고… 즐거운 모험을 감행하고 나섰다.

"실은 크리스 쉐프께서 저를 보낸 이유가 있으십니다만……."

"이유?"

청년이 사선으로 시선을 들었다.

"죄송하지만 중국 최고의 쉐프들 중에서 아는 이름이 있으십니까?"

"물론이죠. 우리나라 요리는 프랑스 요리에도 뒤지지 않으니까."

"그렇다면 혹시 왕타오 쉐프를 아십니까?"

왕타오는 유명한 중국 쉐프.

중국 사람이 아니라면 모를까 모를 리 없는 요리사였다.

"당연히 알지요. 한때는 광둥성 요리를 들었다 놨다 하신 분인데……."

"그분이 한국인과 벌인 요리 배틀도 들으셨는지……."

"지금 설마, 당신이 그 한국인이라고 말하려는 건 아니겠지요?"

청년의 눈에서 싸아한 비웃음이 배어나왔다.

"물론 아닙니다."

"그럼 대체 뭘 말하려는 겁니까?"

"그 한국인이 바로 제 스승이십니다. 지금 여기 주방에 와 계시고."

"……?"

"저는 그분의 유일한 제자입니다. 그러니 식사 테이블을 한 번만 제게 맡겨주십시오."

"이봐요, 왕 쉐프가 유명한 건 사실이지만 그 쉐프와 대결한 한국 쉐프 얼굴까지 내가 어떻게 압니까? 내가 아는 건 왕 쉐프의 칼뿐이니 그쯤하고 크리스를 불러요."

왕 쉐프의 칼!

그 말을 듣는 순간 장태의 가슴속 어두운 터널에 엷은 빛이 들어왔다.

"칼을 알고 있다는 말씀이군요."

"궁금하면 보세요. 이런 건 인터넷에도 나오니까. 큼큼!"

청년은 짜증 섞인 목소리로 목청을 가다듬더니 PDA 화면을 펼쳐 놓았다.

"죄송하지만 잠깐만 기다려주시겠습니까?"

인사를 남기고 나온 장태는 주방으로 들어섰다.

왜?

장태를 본 스승이 걱정스러운 눈빛을 던져 왔다.

별일 아닙니다.

장태 역시 눈빛으로 답하고 타오를 집어 들었다.

다시 VIP룸으로 돌아온 장태는 테이블 위에 조심스레 칼을 올려놓았다. 그리고 공손하게 말했다.

"죄송하지만 이 칼이 맞는지 검증해 주실 수 있을까요?"

"……?"

심드렁하던 청년의 눈에 금이 가고 있었다. 얼핏 보아도 똑같아 보이는 무식한 푸주칼. 청년은 미간을 찡그리며 푸주칼을 집어 들었다. 그는 남은 손으로 화면을 확대시켰다. 그러자 칼 등의 이니셜이 보였다.

〈TAO〉

정으로 쫀 투박한 이니셜을 확인한 청년의 손이 파르르 떨었다.

"제 스승께서 왕타오 쉐프와 우정 어린 요리 배틀을 벌인 후에 왕 쉐프에게 선물로 받아 사용하다 물려준 것입니다. 아직 부족하지만 기회를 주신다면 왕 쉐프와 대결하던 스승님의 마음으로 최고의 요리로 보답하겠습니다."

"……."

"부탁드립니다."

"정말……."

청년은 여전히 떨리는 목소리로 말을 이었다.

"당신의 스승이 왕 쉐프를 꺾은 그 사람이란 말입니까?"

"예!"

"요리사들은 자신이 쓰던 칼을 잘 내주지 않는다고 들었습니다만."

"맞습니다. 어쩌면 분신이기도 하니까요."

"그런데 당신에게 물려주었다?"

"예."

"왕타오처럼 쓸 줄도 아나요?"

그가 1달러짜리 코인만 한 초콜릿을 꺼내들었다. 인증 요구였다. 왕타오처럼.

원래 왕타오는 요리 퍼포먼스도 즐기던 사람. 그가 손님들 앞에서 잣이나 땅콩을 썰어보이던 재주를 원하는 게 분명했다.

초콜릿!

과자다.

썰면 부서진다.

장태 역시 한 번도 시도해 본 적이 없었다. 하지만 피할 수 없는 일이 되고 말았다.

"해보겠습니다."

장태가 담담하게 말했다.

보조가 도마를 가져왔다.

초콜릿은 동전 세 개 두께.

될까?

장태의 눈이 타오와 초콜릿에게로 번갈아 옮겨갔다.

"무리하지 않아도 됩니다."

장태를 본 청년이 냉소를 뿜는 순간, 타오가 초콜릿을 가르기 시작했다.

"오, 마이 갓!"

청년의 입에서 신음이 새어나왔다. 초콜릿이 썰린 것이다. 그것도 무려 여덟 조각으로 가지런히.

"중국인들은 숫자 8을 좋아하기에 여덟 조각으로 만들었습니다. 쉽지는 않네요."

장태는 겸손하게 말했다.

초콜릿 조각을 집어든 청년, 급호감으로 바뀐 표정으로 입을 열었다.

"기회를 드리죠!"

청년의 허락이 떨어졌다.

　　　　*　　　　*　　　　*

후우!

자신도 모르게, 장태는 안도의 숨을 밀어냈다.

"뭘 드시고 싶으신가요?"

장태의 마법주문이 천천히 입에서 새어나왔다. 정중하고, 부드러웠다.

"크리스의 요리라면 뭐든 환상적일 거 같아 그냥 왔습니다만……."

청년은 가죽장정을 두른 메뉴판을 쳐다보지도 않았다. 쉐프에게 맡기는 오더가 나온 것이다.

오더와 함께 청년의 몸에서 오미가 오방색으로 정렬을 시작했다.

황—백—청—흑—적색 순이었다.

단맛—매운맛—신맛—짠맛—쓴맛!

터질 듯한 황색이 백색과 우열을 가리기 힘드니 매운맛과 단맛의 자극적이고 강렬한 맛을 선호. 그러나 나머지 색도 고르게 분포되어 특별히 가리는 맛이 없는 수준이었다.

—최고 선호 음식은 육식.

—선호 과일은 두리안과 토마토.

—식욕 게이지는 92% 발동.

특별한 변수도 느낄 수 없었다.

한마디로, 먹을 준비가 끝난 사람이었다.

'오방색과 식욕 게이지, 컨디션 변수를 더한 현재의 테마는……'

프라이드!

그는 프라이드가 넘쳐 폭발할 지경이었다.

─정열적이고 에너지 넘치는 요리를 다오!

─내 빛나는 성취와 프라이드에 걸맞는!

그는 온몸으로 말하고 있었다.

가뜬하게 돌아서려던 장태, 청년의 큼큼 소리를 상기하고 걸음을 멈췄다. 지금까지 세 번째였다.

"혹시……"

장태가 문 앞에서 돌아보았다.

"목에 가시가 걸린 거 아닙니까?"

"어? 어떻게 알았죠?"

"기침 소리가 감기와 달랐습니다."

"비행기에서 생선을 먹었는데 작은 가시가 걸린 모양입니다. 계속 낫지 않으면 여기 호텔의 의무실에 가봐야 할 것 같네요."

"그러시다면 죄송하지만 이걸 물고 계셔 보시겠습니까?"

장태가 내민 건 손리가 건네준 사탕의 하나였다.

"캔디 아닙니까?"

"가만히 물고 계시면 됩니다. 사탕이 다 녹을 때쯤이면 가시가 내려갔을 겁니다."

"그래요?"

청년은 긴가민가하는 표정으로 사탕을 까 넣었다.

'새옹지마라더니!'

장태는 가벼운 마음으로 복도로 나왔다. 길흉화복은 변하고 또 변한다는 뜻의 이 고사는 중국에서 비롯되었다. 청년 사업가도 중국에서 왔다. 어쩌면 잔뜩 각을 세우고 요리를 기다릴 청년. 그건 미식을 즐기는 데 또 다른 변수가 될 수 있었다.

그런 차에 목에 걸린 가시는 장태에게 반가운 일에 속했다. 가시가 내려가면 그의 각도 무뎌질 일이었다.

그런데 가시가 내려갈 걸 어떻게 자신하냐고?

사탕은 장태가 열 번도 넘게 확인한 비방이었다.

그중 몇 번은 한국에서 겪은 도루묵과 동태전.

이 두 가지 제철 음식은 의외로 가시가 걸리는 일이 잦다. 병원 응급실에 어르신들이 많이 찾아오는 것도 바로 동태전이 한 원인. 나아가 도루묵은 가시가 작아 부주의하게 넘기는 경우가 많았다.

알이 원흉이었다.

몸뚱이의 절반이나 차지하는 도루묵의 알. 노랗고 파란 그 알은 맛보다 식감이 좋았다. 더구나 싱싱한 도루묵이라면 알에서 줄줄 흘러내리는 끈끈한 맛의 액체와 살짝 덜 익혔을 때의 그 씹히는 맛이란.

오독오독!

톡톡!

이 소리에 반해 알을 탐하다 보면 고기는 호로록 흡입하시는(?) 경우가 있다. 살점이 연할뿐더러 다른 알을 공격하기 위해 급마무리를 하는 것이다.

바로 이때 가시가 목에 걸리는 경우가 많았다. 하지만 장태는 크게 고생하지 않았다. 그는 옛 음식 문헌에 나오는 여러 비방을 알고 있었고 조리고등학교 시절, 먹신으로 껄떡거리는 친구들에게도 수차례 검증을 했다. 먼 외국에서도 그건 다르지 않았다.

"선생님!"

주방으로 돌아온 장태가 스승에게 말했다.

"내게 신경 끄고 시작하거라."

스승은 두 말하지 않았다. 공손히 인사를 하고 식재료실을 돌았다. 초특급 호텔답게 해산물부터 최상급 송로버섯, 질 좋은 푸아그라까지 없는 게 없었다.

"마음대로 써도 좋다는 총주방장님의 허락이 있었습니다."

다시 따라붙은 보조가 설명을 했다.

"당신!"

장태의 시선이 보조의 머리로 향했다.

"예?"

"내 곁에 있으라는 지시를 받았겠죠?"

"……."

"당신 입장도 있을 테니 꺼지라는 말은 않겠습니다. 대신 당장 머리를 감고 오세요."

"머리요?"

"당신 머리에 바른 무스 향 때문에 요리를 망칠 생각은 없거든요."

장태의 질책에 보조는 인상을 찡그리며 나갔다.

흐음!

혼자 남은 장태가 깊은 심호흡을 했다.

장창뻥!

갓 30줄에 접어든, 폭발할 것만 같은 프라이드의 소유자.

무엇으로 그 프라이드에 날개를 달아줄까?

'중국인이되 중국 본토를 떠난 지 몇 년 된 사람……'

장태는 장창뻥에게 맡은 향을 하나하나 끌어냈다. 중국에 오래 살았다면 당연히 본격 중국 요리의 향이 나야 했다. 강력한 중국 향신료 중에서도 샹차이가 특히 그렇다. 동남아시아에서도 두루 쓰는 향신료지만 유독 중국 것이 강렬하기 때문이었다.

하지만 샹차이 냄새가 많이 빠져 있었다.

'유학생이거나 아예 수년 전쯤에 미국으로 진출한 청년 사업가……'

그렇다고 해도 뿌리는 중국 사람.

과거에는 유태인들이 자부심이 상당했지만 지금은 중국인들의 자부심이 상당했다. 특히 잘나가는 사업가라면 더욱 그렇다.

중국!

그럴 만도 했다. 이제 세계는 중국의 향배에 운명이 실렸다. 잠잠하던 중국이 20세기 이후에 두각을 나타내면서 전 세계가 싫든 좋든 그들의 영향권에 들었다.

이곳 라스베이거스도 마찬가지였다. 빅 게이머들 중에는 중국인들이 상당했다. 심지어는 이곳에 반짝이는 호텔을 소유한 사람도 있었다.

요리도 같은 맥락이었다. 한때는 변방의 요리로 취급되던 중국의 요리도 그들의 경제력 약진만큼이나 빠른 속도로 문화권력이 되어가는 판이었다.

〈육류와 프라이드.〉

두 가지를 주테마로 삼았다. 그가 비행기에서 먹은 건 대구가 틀림없었다. 기름 냄새와 매콤한 냄새가 남은 것으로 보아 어제도 푸짐하게 즐긴 모양이었다.

식성조차 열정적!

하긴, 그렇기에 저 나이에 여기에 섰을 것이다. 크리스가 염두에 두어야 하는 고객이 된 것이다. 그런데 여러 냄새들 사이에서 도드라지는 향이 하나 있었다.

분명 동파육이었다. 돼지비계 냄새가 고소한…….

돼지비계?

가질 만큼 가진 사람이 왜 하필 돼지비계 냄새가 남은 걸까? 냄새로 보아 단 한 번의 시도는 분명 아니었다.

'오케이!'

마침내 장태는 메뉴 결정을 내렸다.

―아귀!

―오리알!

―삿갓조개!

―비계가 붙은 싱싱한 돼지 갈빗살!

―송로버섯!

―송아지 혀와 푸아그라.

주요 재료는 그랬다. 아귀는 아직도 쩨려보는 것 같은 놈을 골랐다. 오리 역시 농장의 찌든 냄새가 없는 신선한 걸 찾아냈다. 삿갓조개는 바다 냄새가 채 가시지 않은 걸 골랐고, 송아지 혀와 푸아그라 역시 강제 사육 거위가 아닌 걸로 선별했다.

응?

푸라그라는 원래 거위에게 강제로 먹이를 먹여 간을 살찌우는 거라고?

딩동댕!

맞는 말이다. 통상은 그렇다. 하지만 변했다. 그런 가혹한 사육 방식이 도마에 오르자 방법을 달리한 농장들이 나왔다. 영양 가득한 먹이를 먹이되 강제로 먹이지는 않는 농장들이 출현한 것이다.

야채도 꼼꼼히 선별을 했다.

보기에는 다 싱싱해 보였지만 몇몇 재료들은 출신이 좋지 않았다. 찌든 기억을 가진 것들. 보지 않아도 고속도로변 같은 곳에 자리한 농장 것이 분명했다. 그런 곳에서 키운 야채는 광택만 황홀한 것들이 많았다. 하지만 씹어보면……

'불쾌하면서도 찝찝한 뒷맛……'

중금속이 함유된 것이다.

'마지막으로 와인은?'

뭘로 할까?

그 또한 장태의 후각이 해결책을 내놓았다. 상승하는 맛을 상쾌하게 씻어내려 가는 데는 1995년산 로메네 에세조가 제격이었다. 상큼한 아로마에 깃든 허브의 우아함이 입안에 만들어낼 청량한 산들바람. 이놈이라면 최상급 와인보다 더, 오늘의 요리 품격을 높여줄 것으로 보였다.

와인을 집어 들면서 준비는 끝났다.

장태가 결정한 건 8코스로 이어지는 약식 풀코스였다. 원래 클래식한 풀코스라면 보통 17가지로 구성되는 게 보통이었다. 그러나 최근에는 8가지, 더 줄이면 4가지 코스만으로도 풀코스로 쳐주는 분위기가 형성되었다.

에피타이저.

메인.

샐러드.

디저트의 구성이 바로 그것이었다.

그렇게 줄여도 되냐고 묻는다면 단연 '그렇다'이다. 음식은 변화하는 생물이다. 그들은 역사를 따라 꾸준히 변모해 왔다. 그 대표적인 현장이 바로 런던이었다. 지금도 런던의 레스토랑에서는 각국의 요리들이 나날이 이종교배를 통해 새로운 요리 역사를 창조하고 있다.

물론, 그중에 한국요리는 미미한 게 흠이지만…….

'100만 불…….'

딱 한 번 그 단어를 곱씹고 주방 너머의 창을 바라보았다.

고객의 눈이 닿지 않는 곳으로 물러난 스승이 보였다. 그를 향해 꾸벅 낮은 인사를 올리고 올스파이스와 통 블랙 페퍼, 로즈마리, 세이지 등을 적량 집어 들었다. 그걸 돼지 갈빗살 삶을 냄비에 투하하고 불을 당겼다. 팬에서 겉을 구운 돼지 갈빗살을 끓는 물에 투하.

스파이스와 각종 향신료, 소스의 준비를 마친 장태가 보조를 불렀다.

"테이블을 세팅하고 고객을 모셔오세요."

"여기로 말입니까?"

다시 감은 머리가 다 마르지 않은 그가 물었다.

"당연하죠. 지금부터 공연이 시작될 거니까요."

장태는 느긋하게 미소를 지었다.

보조는 바로 장창뺑을 안내해 왔다. 장태는 테이블 앞에서 그를 맞이했다.

"목은 어떠십니까?"

장태가 물었다.

"신기한데요? 쉐프 말대로 정말 사탕이 다 녹을 때쯤 되니 가시가 넘어가고 없더라고요."

"다행이군요."

착석하는 걸 도운 후에 조리대로 향했다. 이제 홀가분하게 시작이었다.

출격!

삶은 오리알을 허공에 띄운 장태.

츄릿!

타오로 시원하게 허공을 갈랐다.

여덟 코스의 첫 주자인 에피타이저는 스터프드 에그였다.

"드시죠!"

장태는 정중히 접시를 내려놓았다. 비로소 선글라스를 벗는 장창뼁의 눈이 굳어버리는 게 보였다.

손장태표 스터프드 에그.

그건 하얀 우주에 뜬 오성기 그 자체였다. 계란보다 큰 오리알 윗부분을 선택한 후 노른자를 꺼내 채에 쳐낸 장태. 흰자 빈 곳에 신맛과 매운 맛으로 간을 맞춘 철갑상어알을 가운데 숨기고 석류로 붉은 물을 들인 노른자를 다시 올렸다.

이어 붉은 바탕 위에 노랗고 신선한 치즈를 별 모양으로 오려 오성을 그려놓았다. 접시는 황금빛 진한 질그릇이 배경이 되었으니 황금 바탕의 흰 우주에 올라앉은 오성기 스터프드였다.

"와우, 우리나라 국기 아닙니까?"

보기에도 만족스러운지 장창뼁의 입가에 기대감이 번져갔다.

딱 한입 크기, 게다가 걸쭉한 소스에서 올라오는 풍미가 후각으로 들이치는 스터프드는 장창뻥의 손을 바쁘게 만들었다.

"으흠, 달달하면서 맵고 신맛이 입안 가득⋯⋯. 목을 편하게 하면서도 침을 마구 감돌게 하는군요."

스터프드를 넘긴 장창뻥이 와인으로 입을 가셨다.

웃음!

그의 느낌은 뜨악한 미소로 새어나왔다.

어라?

바로 그 느낌이었다. 맛의 회오리가 시작되고 있다는 신호였다.

"방금 드신 건 오늘 아침에 공수된 신선한 오리알입니다. 원래는 계란으로 만드는 게 보통이지만 사장님 목에 가시가 걸렸던 까닭에 재료를 바꿔보았습니다."

"아, 그래요? 난 잘 몰랐는데⋯⋯. 그런데 오리알이어야 하는 이유가 있는 건가요?"

"오리알은 목 아픈 사람에게 좋거든요. 아무래도 가시가 박혔으면 목이 아프지 않을 리가 없으니까요."

"아!"

감탄을 뒤로 하고 템포를 당겼다. 바로 수프가 이어졌다. 준비하는 과정은 피아니스트가 건반을 두드리듯 절제되고 군더

더기 없는 동작이었다. 장창뻥의 눈에도 그랬다.

"헝가리식 수프 굴라쉬입니다."

장태의 말이 끝나기도 전에 장창뻥의 눈이 접시로 옮겨갔다. 이번 접시의 비주얼은 그리 인상적이지 않았다. 하지만 한 입 입안으로 들어가는 순간, 장창뻥은 오색의 향연에 입을 다물지 못했다. 파프리카의 매콤함 뒤에 이어지는 고소하고 깊은 뒷맛. 한마디로 식욕의 뿌리를 흔드는 맛이었다.

"이 요리는 뱃속에 들어가서 클래식을 연주하는 것 같은데요?"

다소 굳어가던 그의 인상이 다시 펴졌다.

약!

강!

그건 장태의 예정된 연출이었다. 강강강의 연출은 매력적이다. 많은 요리사들이 그 함정에 빠질 때가 있었다. 강력한 맛의 향연으로 고객의 미각을 사로잡고 그 분위기를 끝까지 밀고 나가는 것.

어려운 일이다. 특히 미각이 좋은 손님이라면.

자살 행위다. 맛을 제대로 보는 손님이라면.

맛은 때로 여자와 비교될 때가 있었다. 천하절색 미녀와의 데이트. 모든 남자가 뻑 갈 일이다. 그러나 예쁜 여자에 홀린 남자의 눈은 하향 곡선을 그리지 않는다. 오직 더 예쁜 여자를 찾을 뿐.

세 번째, 장태의 승부수는 아귀였다.

간은 따로 떼어두고 살을 발랐다. 그 살을 정교한 피라밋 모양으로 자른 후에 표면을 노릇하게 구웠다. 그다음에 태운 간장소스를 발라 훈제에 쓰는 사과나무 스모크칩으로 살짝 냄새를 입혀냈다.

마무리를 진한 카레로 덮자 매콤한 냄새가 코를 치며 올라왔다. 이 카레는 맹물로 끓였다. 솔직담백하고 인상적인 매운맛에는 그게 더 좋았다. 카레의 중후한 풍미를 제대로 느낄 수 있는 맛이었다.

거기 곁들인 건 삿갓조개 구이. 접시 바닥에는 아귀 간을 갈아 만든 소스를 깔아 아귀의 깊은 맛과 고소한 맛이 날아가지 않도록 하고 밝은 노란색 거품을 올려 한 번 더 막을 이루었다.

장창뼁은 황금빛 피라미드 속이 궁금했다. 그가 반으로 자르자 눈부시도록 하얀 아귀살이 모습을 드러냈다. 황금빛 속에 숨은 수줍은 순백의 흰 살, 비주얼로도 그만이었다.

"좋군요. 고소함과 담백함, 거기에 정수리를 쪼는 짜릿한 매콤함이라니……."

서둘러 와인으로 목을 축인 장창뼁. 호평이 이어졌다.

"아귀는 원래 포식자입니다. 그리고 삿갓조개는 한 번 붙으면 떨어지지 않는 접착력을 자랑하지요. 오늘 밤 사장님께서 카지노에서 크게 한 번 먹어보시라는 축원이기도 합니다."

"이야, 그러고 보니 딱인데요? 아귀의 식탐이야 정평이 났으니까요."

셔벳에 이어 나온 건 송로버섯구이를 곁들인 돼지비게 갈빗살이었다.

〈돼지 갈빗살 오소부코.〉

오늘의 메인이었다.

*　　　*　　　*

원래는 뼈가 붙은 송아지의 사태를 통으로 썰어 토마토 등으로 끓여내는 이탈리아요리. 그걸 돼지 갈빗살에 응용한 요리였다.

"돼지… 갈비요?"

장창뻥은 다소 실망스러운 표정을 지었다. 만들레이 베이라면 초특급 호텔. 어쩌면 샥스핀이나 곰발바닥요리 같은 걸 기대했을 수도 있었다.

"오염되지 않은 초원에서 키워져 대지의 기억을 간직한 돼지입니다. 적정지방에 근육량이 딱 맞춤한 걸 보니 지상 최강의 품질 같아서 이걸 택했습니다. 사장님 몸도 원하는 것 같으니 궁합이 맞는 요리라고 생각합니다."

일단 드셔보시죠.

그 말을 좀 길게 했다.

"흐음, 하긴 매콤한 냄새는 확 땡기는군요."

장창뻉이 나이프와 포크를 잡았다. 만약, 그렇지 않았다면 장태는 여기서 손을 들 작정이었다. 그건 지금까지 깔아온 맛의 갈래 때문이었다. 장태가 노린 활화산이 딱 여기였다. 그가 지금까지 맛보지 못했던 요리의 궁극을 보여줘야 할 타이밍이 여기 있었다.

왜냐고?

나이는 어리지만 그는 허접한 인간이 아니었다. 몸의 오방색 분포가 그걸 말해주고 있었다. 그러나 파고들면 그는 육식 중에서도 돼지고기 마니아. 동파육을 즐기는 게 그 방증이었다.

사실 인간의 미각은 지독히도 보수적이다.

보수!

그건 사람의 성향이나 지위와 관계없다. 외향적이고 진취적인 성향의 인간이라도 미각까지 진취적인 경우는 드물었다. 게다가 음식이란 분위기와 밀접한 것. 지상 최강의 쉐프가 한 최상의 요리도 추억이 깃든 요리만 못한 경우가 그런 이유였다.

그랬기에 장태, 모든 향을 돼지고기에 포인트를 맞추고 차 곡차곡 베이스로 깔았던 것이다.

딱!

여기서 폭풍작렬하도록.

장태는 자신을 믿었다. 오방색에서 얻은 장창뻥의 식성을.

바삭!

포크가 갈빗살 찌르는 소리가 유독 장태의 청각을 울렸다. 손을 떠난 공. 이제는 손님의 판정을 기다릴 차례였다. 장창뻥 이 고국에 있는 아버지 같지는 않기만을 바라며.

아버지!

장태의 아버지는 한의사였다. 할아버지도 한의사였다. 그 사슬이 주는 무게감은 무거웠다. 장태가 세상에 나기 무섭게 아버지는 장태의 직업을 정해 버렸다.

한의사!

집안 대대로 이어진 가업 같은 직업이었다. 사회적 인식도 나쁘지 않았고 아버지의 직업 만족도도 높았다.

처음 그 말은 들은 건 한국으로 이주한 직후였다.

장태는 미국에서 태어났다. 엄마가 피아노를 배우던 줄리어 드 음대 인근 빌리지가 출생지였다. 한의대를 졸업하고 서양 식물학을 배우기 위해 미국으로 유학 온 아버지가 엄마를 꼬신 것이다.

장태는 꼬박 6년을 미국에서 자랐다. 덕분에 영어는 저절로 익혔다. 덕분에 미국 시민권도 얻었다. 미국이라는 배경은 득이 되는 일이 꽤 있었다.

이어 아버지가 할아버지의 한의원을 물려받았다. 할아버지가 사망한 까닭이었다. 아버지의 귀국도 그 이유가 결정적이었다.

장태는 지금도 기억하고 있었다. 한의원에 들어섰을 때의 그 냄새. 지상의 모든 냄새를 모아둔 것처럼 싸아하고 자극적이던 한약재 서랍의 냄새들.

아버지 옆에서 서랍을 하나하나 열었다. 키가 닿지 않는 곳은 의자를 놓고 열었다. 처음에는 그저 냄새만 맡았다. 코를 뭉긋하게 자극하지만 싫지 않았다.

"감초라는 거다."

약초와의 첫 키스는 감초였다. 입에 넣고 우물거리니 엷은 단맛이 났다. 그때부터 모든 약재를 다 먹어보았다. 아버지는 말리지 않았다. 오히려 기특하다고 칭찬을 했다. 엄마는 놀랐지만 아버지는 한의사답게 태연했다.

"한약재 먹는다고 안 죽어."

미국에서 잘나가던 피아니스트였던 엄마. 그래도 한의원 안에서는 아버지가 왕이었다.

그런 아버지에게 다른 면이 있었다. 똑같은 풀이지만 무시하는 게 있었던 것. 바로 음식의 재료가 되는 야채와 나물들이었다.

"요리사가 되겠다고?"

중학교 2학년 때였다. 장태가 장래희망을 말하자 아버지는 도끼눈이 되었다.

"넌 한의사가 되어야 해."

아버지는 귀담아 듣지 않았다.

"그건 아빠의 바람이잖아요."

"넌 내 아들이니까."

"아빠!"

"할아버지의 바람이기도 하고."

"전 요리사가 더 좋아요."

"안 돼."

"왜 안 되죠? 아빠가 쓰는 약도 풀과 나무, 동물 등의 자연에서 났고요, 요리사가 다루는 재료도 마찬가지로 자연에서 온 것들이에요."

장태는 굽히지 않았다. 장태가 보기엔 그게 맞았다. 가축으로 치자면 개의 거시기로 남자의 정력을 다스렸고 수탉으로 허약체질을 고쳤다. 오죽하면 세종대왕도 어릴 적 수탉 고환으로 허약체질을 다스렸을까?

산후에 젖이 안 나오는 산모에게는 돼지 간으로 만든 죽을 권하고 닭똥집으로 오줌싸개 아이를 고쳤다.

나아가 해삼으로 몽정을 다스리고 오징어로 산모를 도왔으며 참새고기로 무릎이 찬 환자와 헐렁한 정력을 채웠다.

과실이나 채소로 봐도 다르지 않았다. 변비에 호두나 메밀로 약을 삼고 표고버섯으로 불안한 마음을 달래고 연뿌리로 아이들의 코피를 멈추게 했다. 심지어는 흔한 무나 배추, 시금치와 양파까지도 약효가 좋다고 환자들에게 부수적으로 권하던 아버지였다.

그런데!

그걸 약으로 먹이는 직업은 되고, 요리로 먹이는 직업은 안 된다니.

헐!

결국 고집을 부려, 쫓겨나다시피 지방의 요리고등학교로 갔지만 아버지는 끝내 장태가 만든 요리에 손을 대지 않았다. 좀 더 넓은 세상을 보기 위해 외국으로 요리유학을 떠날 때도 마찬가지였다. 떠나기 전에 정성껏 신선로를 올렸지만 아버지는 끝내 외면했다.

그러니까 요리란, 어떻게 보면 책과 같은 운명을 가지고 있었다. 어떤 책에 엄청난 지혜와 정보가 담겨 있다고 해도 누군가 읽어야 하는 전제가 필요했다. 마찬가지로 요리도, 누군가 먹어줘야만 그 진가가 발휘되는 것이었다.

흠흠!

장창뻥은 처음, 향부터 음미했다. 그가 들이마신 향은 침샘을 묵직하게 자극하는 향이었다. 본능은 솔직하다. 침샘은 유혹은 견디지 못하고 칭얼대기 시작했다.

먹고 싶어!

먹고 싶어!

침샘은 결국 주인의 마음을 흔들었다.

꿀꺽!

입안의 침을 넘긴 그가 마침내 첫 한 점을 안으로 밀어넣었다.

"후아!"

입김이 거칠게 터져 나왔다.

우물!

몇 번 힘차게 저작을 한 그는 그걸 다 넘기기도 전에 다른 한 점을 집고 있었다.

"어떻습니까?"

그제야 장태가 나지막이 물었다.

"후아!"

또 한 점을 밀어넣던 그가 숨을 고르며 대답했다.

"돼지 갈빗살이라더니 누린내는 아예 없고 겉은 바삭하면서도 톡 쏘는 맛과 어우러진 상큼한 향이 비계의 고소한 맛을 천국처럼 느끼게 하는군요. 게다가 씹으면 씹을수록 안에서 매콤달콤한 맛이 우러나오고……."

"마음에 드시는지요."

"잠깐만요."

그는 몇 점 남은 살을 허겁지겁 비워내더니 와인은 마실 생각도 없이 장태를 바라보았다.

"혹시 더 없습니까?"

"얼마든지요!"

장태가 예상한 양은 3접시였다. 한 접시라면 10만 불, 두 접시라면 50만 불, 세 접시 이상을 먹어치운다면 100만 불을 바라볼 만했다.

그런데, 그는 두 접시에서 포크를 멈췄다.

"다음 요리가 기대되어 말이죠."

불만은 조금도 깃들지 않은 목소리였지만 개운치 않았다.

두 접시.

기대에 살짝 미치지 못했다. 그렇다고 실망 따위는 하지 않았다. 여전히 그는 장태의 테이블에 앉아 있었으므로.

"가히 돼지고기의 신세계였습니다."

입을 닦던 그가 엄지를 세워 보였다.

돼지 갈빗살 오소부코.

일단 고기 표면을 노릇하게 구웠다. 화력은 약 220도. 최상의 질감을 내는 온도였다.

요리는 불 맛, 소위 궁극의 불 맛을 가미한 것이다. 장태는 고기의 섬유질 방향을 따라 불의 세기를 맞췄다. 이렇게 하면 고기의 조직에 열이 균등하게 작용해 맛을 더할 수 있었다.

하지만 이 레시피의 핵심은 토마토에 있었다. 오븐에 살짝 구은 토마토. 그걸 모아 물 없이 가열을 했다. 그렇게 해서 꽤 많은 토마토 즙을 얻을 수 있었다. 그런 다음 와인에, 올스파이스 등을 넣고 삶아 누린내를 제거한 갈빗살을 첨벙. 토마토만으로 우려낸 진한 수분에 담가 감칠맛을 증폭시켰다.

다음 조연은 진한 굴 소스와 일본 간장이 맡았다. 스파이스로는 생강과 팔각 등을 첨가해 맛을 살리고 정렬적인 코리엔더로 대미를 장식했다. 코리엔더는 태국요리에서 많이 쓰는 고수의 씨.

―마이 싸이 팍취!

―뿌야오 샹차이!

팍취와 샹차이를 빼달라는 말이다. 오죽하면 한국 관광객들은 그걸 외워갈까?

하지만 중국 사람에겐 자신의 몸을 이룬 일부. 코리엔더의 향은 중국의 팍취와 크게 다를 바 없으니 장창뻥에게는 고향의 냄새이기도 했던 것이다.

이제 여덟 가지 색을 뽐내는 샐러드가 테이블에 올랐다. 로메인을 빼고는 모두 손으로 결 따라 뜯어낸 것. 조직 손상이 없으니 색상도 더욱 선명해 보였다.

그러나 남자 손님은 샐러드에 그리 열광하지 않는 경향이 있었고, 장창뻥도 크게 다르지 않았다.

"입안이 말끔해 졌습니다."

와인잔을 비워낸 그가 말했다. 다음 접시를 내오라는 뜻이었다. 꼴꼴, 청량한 소리로 잔을 채워준 장태가 기꺼이 분부를 받았다. 재촉한다는 건 기대감이 있기 때문이었다.

조리대로 돌아온 장태가 집어든 건 잘 삶긴 송아지 혀였다. 그걸 허공으로 던지고 처음처럼, 날렵하게 타오를 번득거렸다. 장창뻥의 시선은 꼼짝없이 칼질에 묶여 있었다. 단 한순간도 눈을 떼지 못하는 것이다.

촤라락!

마치 복어회를 방불케 하는 송아지 혀가 도마 위에 켜켜이 쌓였다. 장태가 집어든 건 정확하게 8조각이었다. 다음으로 푸아그라를 꺼내 들었다. 대미의 장식은 이놈의 몫이었다.

라스트는 음료로 마무리가 될 참이기에, 요리로는 마지막이 될 접시가 나왔다.

"이건 뭐죠?"

접시를 받아 든 그가 포크를 든 채 물었다.

"밀푀유입니다. 송아지 혀 사이에 푸아그라를 바르고 치차론으로 포인트를 준……."

"치차론이라고요?"

장창뻉이 물었다. 치차론은 돼지고기를 주로 하는 요리로 특급 호텔과는 어울리지 않는 이름이었다.

"오호, 독특하군요. 이런 밀푀유는 처음 보는데요?"

"오늘 밤 사장님의 행운을 위해 만든 겁니다. 원기왕성하고 에너지가 넘치는 요리니 분명 즐거운 밤이 될 것으로 생각합니다."

마지막 남은 에너지의 꼭대기. 마지막 점프로 그를, 맛의 극한으로 밀어 올리는 것이다.

종잇장처럼 얇은 송아지 혀 사이에 감미로운 향으로 발라진 푸아그라. 장창뻉은 그걸 한입에 털어 넣었다.

"……."

말을 하지 않았다. 우물거리는 사이로 아박, 바삭하는 소리가 쉴 새 없이 새어나올 뿐.

"……."

음식물을 완전히 넘기고 입안에 남은 침을 다시 모아 넘길 때까지도 그는 입을 열지 않았다. 잠시 후, 혀로 입술을 쓰다듬은 장창뻉. 그 시선이 장태에게 향했다.

"굉장하군요. 부드러움과 고소함, 게다가 과자가 씹히듯 바삭함이라니……."

장창뼁이 소리쳤다. 치차론의 모험은 성공이었다. 포인트로
넣은 즐거움을 그가 만끽한 것이다.

＊　　　＊　　　＊

"쉐프!"

장창뼁은 거푸 입맛을 다셨다.

"한 접시는 더 가능합니다만……."

장태가 웃자, 그제야 마음을 놓으며 청을 해왔다.

"부탁합니다!"

조리대로 돌아온 장태의 타오가 또다시 허공을 휘저었다.
도마에 쌓인 송아지 혀는 아까보다 더 얇게 잘렸다. 대신 돼
지껍질 양을 살짝 늘렸다. 식감을 위해서였다.

이제는 장창뼁의 식욕 게이지가 만땅을 그린 상태. 같은 식
감의 접시를 냈다가는 처음의 맛을 버려 좋은 기분을 망칠 수
있었다. 대신 푸아그라의 맛은 조금 더 풍후하게 이끌어냈다.

"……!"

노림수는 적중했다. 입안 가득 밀푀유를 문 장창뼁은 단숨
에 넘기지 못했다. 더 없는 절정의 요리. 그게 아쉬워 입안에
두고 음미하는 그였다.

아삭!

후우!

바삭!

후아!

보였다.

마침내 장태가 목표하던 만족의 정상에 도달하는 장창삥. 그는 끝 간 데 없는 만족감의 숨을 쉴 새 없이 밀어내고 있었다.

바로 그때 크리스가 들어왔다. 옆에는 스승도 있었다.

시식 오버!

이제 운명을 가를 순간이었다. 장창삥이 얼마를 배팅하느냐에 따라 장태의 운명이 결정되는 것이다.

그래도 장태는 묵묵히 커피를 내왔다.

코스를 끝내는 것, 그건 손님에 대한 예의이자 의무였다. 커피는 호텔에 준비된 것 가운데서 맛이 묵직한 것을 골라 향신료 카르다몸을 미량 가미했다. 카르다몸에 커피맛을 상승시키는 효과가 있기 때문이었다.

"어떠셨습니까?"

장창삥이 첫 모금을 넘길 때 크리스가 물었다.

"최고였습니다."

장창삥은 엄지를 세운 양손을 몇 번이고 강조해 주었다.

"다행이군요. 만족해 주시니 영광입니다."

"아닙니다. 좋은 쉐프를 알게 해주셔서 고맙습니다."

"그럼 송구하지만 우리 쉐프의 정성을 평가해 주시겠습니까?"

크리스가 본론에 들어갔다. 얼마짜리 게이머가 될지 정하라는 뜻이었다. 장창뼁은 마시던 커피를 내려놓고 바로 대답했다.

"10만 불!"

"……!"

스승의 눈이 출렁이는 게 보였다. 장태 역시 뒷목을 스쳐가는 뻐근함을 느꼈다.

10만 불!

작은 돈이 아니었다. 하지만 오늘 목적하는 액수가 아니었기에 현기증이 쓰나미로 밀려왔다.

"그렇게나 만족해 주시니 고맙습니다. 모시겠습니다."

크리스의 입가에는 만족함과 아쉬움이 묘하게 교차되고 있었다. 만족은 장태의 실패 때문이었고 아쉬움은 기대에 못 미치는 게임머니 때문.

그러다 보조가 다가서 정중한 묵례를 올릴 때였다. 다시 커피잔을 집어든 장창뼁이 느긋하게 입을 열었다.

"내 말은 아직 안 끝났습니다만……."

"……?"

크리스가 고개를 들었다.

"원래는 10만 불 정도 놀고 갈 생각이었습니다. 크리스 당신이 요리를 한다고 해도."

향을 한 번 더 음미한 장창뼁이 또렷하게 뒷말을 이었다.

"그런데 저 쉐프의 요리가 내 마음을 바꾸게 했습니다. 지금 내 몸 안의 미토콘드리아는 폭발 직전이고 행운까지도 깃든 기분이니 그 열 배 정도는 배팅해도 될 것 같습니다만!"

열 배!

100만 불!

내려앉던 스승의 눈빛이 활처럼 튕겨 올랐다. 확인이라도 시키려는 듯 장창뼁은, 장태를 바라보며 숫자를 또박 불러주었다.

"100만 불로 하지요!"

"……!"

100만 불!

그 단어가 장태의 귀를 벼락처럼 뚫고 지나갔다.

"고맙습니다, 사장님!"

장태는 의연하게 예를 갖추었다.

"뭘요, 대신 내일 내 친구 친룽이 오면 그 요리까지 맡아주시기 바랍니다. 당신 솜씨를 알려주고 싶군요."

"기꺼이!"

"내 비즈니스 카드입니다."

커피잔을 내려놓은 장창뼹이 장태에게 명함을 내밀었다.

"……!"

장태는 한 번 더 놀라고 말았다.

장창뼹, 그는 그냥 젊은 사업가가 아니었다. 드론 신사업으로 센세이션을 일으키고 뉴욕 증시에 상장해 대박을 터뜨린 억만장자 사업가. 그가 바로 콘타론의 CEO였던 것이다.

악수를 청한 장창뼹은 묵직한 걸음으로 보조를 따라 나갔다. 자리가 사람을 말한다더니 확실히 달라 보였다. 그저 패기만만한 청년으로 보이던 처음과는.

'젠장!'

명함을 본 크리스의 얼굴에도 낭패감이 스쳐 갔다.

치명적인 실수였다.

크리스 역시 장창뼹의 실체를 몰랐다. 친롱의 소개라기에 그저 돈 좀 만지는 젊은 놈이 호기심에 오는가 싶었다. 그런데 알고 보니 드론 기업 콘타론? 그렇다면 아카데미 수상자 예약을 포기하더라도 그 자신이 접대해야 했었다.

"크리스!"

장태는 허덕이는 크리스의 주위를 환기시켰다. 100만 불의 관문을 통과한 걸 잊으면 곤란했다.

"고무될 것 없네. 최고의 재료와 시설에 손님이 반한 것뿐이니까."

네 솜씨가 아니고 여기 분위기 때문이야.

크리스는 장태의 쾌거를 평가절하했다.

"상관없어. 내가 원하는 건 당신의 못된 손목뿐이니까."

비슷한 어조로 되받는 장태.

"건방진 놈!"

크리스의 눈이 불똥을 뿜었다.

"배틀은 내일이야!"

장태가 말했다.

"그건 내가 정한다."

"아니, 내가 정해!"

장태는 물러서지 않았다. 믿는 구석이 있었다. 바로 장창삥이었다. 그는 100만 불짜리 빅 게이머. 조금 전 그와 내일 아침 요리를 약속했다. 그렇다면 이제 칼은 장태가 쥔 거나 다름없었다.

장태가 그 예약을 깨면 만달레이 베이는 신뢰를 잃게 된다. 더구나 마피아나 전문도박꾼도 아닌 떠오르는 신성 콘타론의 CEO. 멍청이가 아닌 다음에야 그를 놓치고 싶은 사람은 없었다.

당연히,

크리스도 사악하기는 하되 멍청이는 아니었다.

"내일!"

"끙!"

"아까 장창뻥이 하는 말 들으셨겠지?"

"……."

"그 자리에서 한판 벌입시다. 저들은 100만 불짜리 빅게임을, 우리는 우리의 빅게임을!"

장태의 눈빛은 흔들리지 않았다.

크리스는 그 제의를 꼼짝없이 받아들이는 수밖에 없었다.

8장

쉐프는 요리로 말합니다

"쉐프!"

노숙자 쉼터에 도착하자 숀리가 먼저 뛰어나왔다.

"숀리!"

"이겼어요?"

"그럼!"

장태가 엄지를 세워주었다. 숀리는 두 팔을 벌려 장태에게 안겼다.

"샘이 쉐프를 기다리고 있어요."

샘은 오늘 아침 스페셜 스테이크를 먹었던 집시 노인이었다.

"가자."

장태와 스승은 알고 있었다. 그 집시의 목숨줄이 얇은 습자지처럼 위태롭다는 걸.

"여러분, 손 쉐프가 이겼대요!"

"와아아!"

앞서 달리던 쏜리가 소리치자 노숙자들이 환호를 울렸다.

"손 쉐프……."

노인은 나무 아래 있었다. 그를 아는 사람들이 죄다 모인 걸 보니 운명을 앞둔 모양이었다.

"이겼다고?"

"예……."

"그럴 줄 알았네."

노인의 손이 장태의 얼굴로 올라왔다.

"하늘에 먼저 간 마누라가 재촉하는 걸 참고 있었네. 쉐프 소식 듣고 가려고……."

"샘……."

"이거 올라가자마자 마누라가 바가지 좀 긁겠는 걸?"

죽음의 목전, 든든한 식사 때문인지 그는 의연해 보였다.

"이거 받으시게……."

노인이 낡은 반지를 내밀었다.

"샘……."

"쉐프에게 행운을 줄 거야."

"샘……."

"이제 나는 필요 없어. 저기… 천국에서 누가 반지 같은 걸 끼겠나? 약소하지만 요리값으로 알고 받아주게나. 어쩌면 진짜 행운을 줄지도 모르네."

"행운이 필요한 건 샘입니다."

"내 행운은 천국에 있을 걸세."

"……."

"내일은 누가 스페셜인가?"

"헤라 아줌마요!"

옆에 있던 숀리가 소리쳤다.

"헤라가 부럽군. 나도 내일을 맞을 수 있다면 한 입 얻어먹을 수도 있으려만……."

"샘……."

"쉐프… 고마웠네. 어쩌면 자네는 내 반지가 보내준 마지막 선물이었을지도 몰라."

노인은 장태 손에 반지를 끼워주고 바로 절명했다. 장태가 노인을 안아 들었다. 가벼웠다. 늙어서 가벼운 게 아니라 목숨이 사라져서 가벼웠다. 모든 존재는 그랬다.

집시들의 음악이 구슬프게 울려 퍼지기 시작했다.

'잘 가요, 샘!'

시에서 온 운구차에 샘을 실어주었다. 하얀 조명 아래 누운 그는 편안해 보였다. 샘은 그렇게 떠나갔다. 낡은 반지 하나를 장태에게 남겨준 채로.

사자얼굴 문양이 새겨진 그의 반지는,

아주 독특해 보였다.

뎅뎅!

배식 종이 울렸다. 샘은 죽었지만 산 사람은, 먹어야 했다.

"선생님!"

배식이 끝나자 장태는 스승의 식사를 올렸다. 오늘의 주재료는 항산화 채소에 보탠 연근이었다. 신사임당이 죽은 후에 시름에 겨운 율곡의 기를 되살려준 것 또한 연근죽이었다.

"오늘 같은 날까지……."

스승이 쓸쓸하게 말했다. 장태 덕분에 통증이 많이 가셨지만 그 수고를 지켜보기가 편치 않은 그였다. 더구나 오늘은 장태도 피곤할 터.

"어차피 하는 길인데요, 뭐."

장태는 접시를 공손히 밀어주었다.

"손 쉐프는?"

"저는 만들면서 이것저것 집어먹었더니……."

"긴장 때문에 그러는 건 아니고?"

스승이 정곡을 찔러왔다. 오늘보다 더 큰 내일, 그게 장태 앞에 놓여 있었다.

"저 겁 안 납니다."

장태가 짐짓 큰소리를 치자 스승이 왼손목을 걷었다. 그런 다음 의수를 뽑아냈다. 이제 딱 두 번째 보는 스승의 잘린 손목⋯⋯.

"왜 보여주는지 알지?"

"예⋯⋯."

"크리스 홈그라운드야. 벌써 여러 친구들이 당했고."

"알고 있습니다."

"손 쉐프 기 꺾으려는 건 아니야. 단지 잊지 말라는 거지."

스승은 의수를 제자리에 끼워 넣었다. 딸깍 제자리에 들어가는 소리가 마음을 아리게 만들었다.

인간은 왜 이렇게 불완전한 존재일까? 잘나간다는 과학이나 세포복제도 다 헛소리다. 과학은 어디서 잠든 걸까? 저 팔⋯⋯. 스승의 팔이 게나 도마뱀의 그것처럼 새로 돋아날 수 있다면⋯⋯.

"선생님은 100만 불짜리 게이머 잡아봤습니까?"

장태, 일부러 목소리를 높였다.

"못 잡아봤지."

"그럼 저 믿으세요."

스승에게 떠는 재롱이다. 스승은 대답대신 피식 웃어버렸다.

무거운 웃음 속으로 스승이 겨루고 싶어 하던 쉐프들의 이름이 스쳐 갔다. 스승의 노트에서 읽은 이름들. 손목을 잃는 통에 무산된 그 황홀한 매치는 오늘도 장태의 머리에서 배틀을 벌이고 있었다.

—스베뜰라나!

—알베르트!

—귀스타브!

—리이펑!

—요우타!

러시아 쉐프에서 일본 쉐프까지.

스승이 품었던 큰 꿈은 여전히, 존경 그 자체였다.

"선생님!"

장태는 미몽에서 깨어났다.

"말하시게."

"크리스 말입니다."

"……."

"그가 이기면 제 인대를 자를까요?"

"그럴 거야."

"그럼 제가 이기면 그 인간 손목을 잘라도 됩니까?"

"······?"

스승의 눈빛이 가파르게 일어섰다.

장태는 알고 싶었다. 스승이 정말 그의 잘린 손목을 보고 싶은 건지, 아니면 그저 콧대를 꺾어주기를 원하는 건지.

"그 결정은 내 몫이 아니네. 대결에 나서는 건 손 쉐프니까!"

스승은 또렷하게 대답했다.

후우.

고민 하나를 덜었다. 내일 이기면, 그저 마음이 시키는 대로 하면 그만이었다.

다음 날은 일찍 잠에서 깨었다. 뭘까 하다 늘 하던 대로 스승의 레시피를 넘겼다.

첫 번째 눈에 들어온 건 플레로티!

플레는 닭이오, 로티는 굽다. 그러므로 플레로티는 로스트 치킨. 장태는 눈을 감은 채 플레로티를 요리하기 시작했다.

1) 닭 꽁지와 날개 끝을 자른다.

2) 배에 샐러리와 통후추, 버터, 월계수 잎 등을 넣고.

3) 한쪽 닭다리 허벅지 안에 칼집 내서 반대편 다리를 x로 끼워 넣는다.

4) 달군 팬에 올리브유를 넣어 마늘, 양송이, 당근, 피망 등을 볶고 닭도 팬에서 앞뒤로 보기 좋게 노릇노릇 구워낸다.

5) 은박지에 볶은 채소를 깔고 닭을 올린 후에 잘 덮어서 200도 오븐에서 20분 정도 익힌다.

6) 마지막으로 은박지를 풀어 재료를 알몸(?)으로 노출시킨 후에 약 30분 더 오븐행…….

땡!

알람소리와 함께 완성.

흐음…….

달콤하고 고소한 버터와 허브의 향……. 겉은 바삭노릇하고 속은 촉촉한 닭 요리…….

맛있겠다.

꼴깍!

다른 레시피도 줄을 이었다. 그라탱 드 피누아, 부야베스, 넙치 뫼르니에, 에크르비스 샐러드, 송어 스터프……. 배워도 끝이 없는 레시피, 레시피…….

그런데…….

레시피!

중요할까?

사실 장태의 생각은 '아니다'로 기운 지 오래였다.

솔직히 레시피는 별로 중요하지 않았다. 레시피는 언제나 추상적이기 때문이었다.

장태도 처음에는 몰랐다.

—유명한 쉐프의 레시피는 뭘까?

—그 안에 맛의 비밀이 있지 않을까?

—그대로만 하면 나도 맛의 명인이 될까?

다른 모든 초짜들처럼 그게 궁금했었다. 하지만 이제는 알고 있다. 레시피란, 단지 그 쉐프의 요리법일 뿐이다. 똑같은 재료라고 해도 쉐프마다 다른 맛이 나기 때문이다. 심지어는 그 쉐프조차도 100% 같은 맛을 낼 수 없었다.

요점은 결국 누가, 재료가 가진 본래의 맛을 가장 잘 살리는가에 달려 있었다.

오늘은 특별한 날!

바둑 복기를 하듯 하나하나 지나간 맛들을 더듬어보았다. 수란 배우던 날부터 더듬으니 거칠던 요리가 발전해 온 과정이 보였다. 스승도 그랬고 장태도 그랬다.

스승의 레시피에서 독특한 것 하나를 골라 뽑았다. 라벨라를 위한 것. 재수가 좋다면 그녀는 오늘, 이걸 먹을 수 있을지도 몰랐다. 원래는 아스파라거스처럼 날렵했지만 20대 시절의 폭식으로 드럼통 몸매가 된 그녀. 어린 시절을 프랑스에서 살아 이 요리에 대한 향수가 남은 노숙자였다.

'응?'

제2 주방의 문을 열려던 장태는 급히 동작을 멈추었다. 주방 안에 있는 스승을 본 것이다.

스르릉스릉!

스승은 타오를 갈고 있었다.

칼 가는 소리는 톰의 바이올린 현처럼 아련하고 고왔다. 한참을 밖에 서 있었다. 스승을 위해 모른 척하는 것이다.

스승 역시 그런 마음이기에 이른 시간을 택했을 것 같았다. 마침내 밝아온 크리스와의 대결. 그렇게라도 장태에게 힘을 보태고 싶은 스승······.

스승이 주방에서 나온 후에야 장태는 안으로 들어갔다. 날은 황금비율로 서 있었다. 스승은 장태의 기척을 알았을까?

잠시 후에 여러 호텔에서 제공한 짜투리 식자재가 들어왔다.

'있다!'

냄새를 고르던 장태의 눈에 맑은 색이 돌았다. 프랑스요리 전문 레스토랑에서 나온 고기 재료에서 원하던 놈이 나왔다. 상태가 썩 좋지 않은 것과 요리에 실패한 것, 상처가 생긴 것 등등. 몇 개를 합치니 그럭저럭 레시피 속의 요리 '뫼니에르'가 나올 것도 같았다.

뫼니에르는 어패류 등에 밀가루를 묻힌 후 냄비에 버터, 샐러드유 등을 넣고 지져내는 요리. 스승의 레시피는 샐러드유 대신에 올리브유+참기름. 장태는 그 방식을 따랐다.

'자, 그럼 시작해 볼까?'

다다다! 다닥!

장태의 손은 금세 인도의 여신 칼리의 손처럼 움직이기 시작했다.

다진 고기에 흑후추와 구운 소금, 구운 간장으로 살짝 밑간을 하고, 이어 와인을 두른 팬에 살짝 익혀낸 장태. 다음으로 밀가루에 분유를 섞어 배합한 후에 버터를 녹인 불판에 투하했다.

뫼니에르는 재료를 노릇하게 구워내는 게 포인트였다. 살덩어리가 군침 도는 노릇한 색을 입었을 때 테린에서 발라낸 젤라틴을 혼합했다. 마지막으로 레몬 커드를 첨가한 후 바삭한 포테이토를 곁들이고 기다란 바게트 한 조각과 파슬리를 올리는 것으로 플레이트를 마쳤다.

'오케이!'

변신 완료!

누가 봐도 고기의 정체를 모를 우아한 뫼니에르였다.

"굿 모닝, 쉐프!"

"굿 모닝, 오늘도 이기시게나!"

장태가 공원으로 나오자 배식을 받아들고 식사를 하던 노숙자들이 응원을 잊지 않았다.

"땡큐!"

인사를 받다 보니 어느새 라벨라 앞에 닿았다. 장태가 다가서자 라벨라 옆에 있던 이사벨은 슬쩍 몸을 감췄다.

이사벨.

그녀는 오늘도 환각제에 취해 몽롱한 얼굴이었다.

"쉐프!"

라벨라가 장태를 맞았다.

"요리가 나왔습니다. 마담!"

장태는 공손하게 접시를 내밀었다.

"어머!"

접시를 받아 든 라벨라는 이미 냄새에 매료당한 것 같았다.

"이거 설마?"

드세요!

권유는 윙크로 대신했다. 라벨라는 떨리는 손으로 한입을 물고 행복하게 우물거렸다. 어찌나 흡족한지 콧노래라도 나올 태세였다.

"후우!"

두 입술 사이로 길고 긴 입김이 밀려나왔다. 잠시 숨을 고른 라벨라는 남은 고기를 게 눈 감추듯 비워내더니 바게트도 뚝딱 해치워 버렸다.

"쉐프… 이거 그 고기 맞죠?"

감격에 가득한 라벨라가 장태를 바라보았다. 장태는 끄덕 고갯짓으로 대답을 대신했다.

"세상에!"

라벨라는 금세 눈물이라도 터뜨릴 기세였다.

―어떻게 아셨죠? 내가 이 요리를 원하는지?

―당신의 식성 오방색이 말해주었어요.

두 사람은 흡사 현인처럼 눈으로 대화를 나눴다.

"대체 무슨 고기로 만든 거요? 거 고소한 냄새가 사람을 환장하게 만드네?"

끼어든 사람은 영국 태생의 노숙자였다.

"그게……."

라벨라가 얼굴을 붉혔다.

"당신의 나라, 에드워드 황태자가 즐기던 요리입니다."

장태가 대신 설명을 해주었다.

"오, 우리 에드워드 황태자께서?"

노숙자는 경탄을 금치 못하는 표정이었다.

장태가 라벨라에게 바친 스페셜은 개구리 뫼니에르였다. 스승의 레시피를 따라 기름을 바꾸어 만든 것.

거기 푸아그라 테린과 분유를 첨가해 부드러운 맛을 높인 건 장태의 생각이었다.

개구리 요리는 프랑스 사람들이 즐긴다. 오죽하면 에피타이저로도 나올 정도다. 하지만 영국인들은 그렇지 않은 경우가 많아 개구리를 먹는 프랑스인을 비하해 Froggy, 개구리 같은 놈이라고까지 부를 지경이었다.

장태가 에드워드를 예로 든 건 역사적인 사실이었다. 한 요리사가 에드워드에게 개구리 요리를 선보였다.

"맛이 끝내주는군. 이거 무슨 고기죠?"

맛나게 먹은 황태자가 물었다.

"그게……."

요리사는 진땀을 흘릴 뿐 사실을 말하지 못했다. 에드워드 역시 영국인이기 때문이었다. 그날 에드워드 왕자를 홀린 요리가 바로 개구리 고기였다.

아무튼 그리던 요리를 먹은 라벨라의 발걸음은 개구리의 그것처럼 날렵하고 가벼웠다.

"오늘도 스페셜의 마법은 대박인데요?"

언제 왔는지 손리가 주먹을 내밀었다. 장태는 주먹으로 가볍게 마주쳐 주었다.

잠시나마 그녀를 발레리나로 만든 장태. 뿌듯함에 고개를 돌릴 때 하얀 봉지가 눈에 들어왔다. 이사벨이 있던 자리였다.

'이건…….'

집어 들고 보니 마약이었다.

마약!

주머니에서 흘린 걸까? 한참을 바라보다 챙겨 들었다. 어쩌면 유용하게 쓸 수 있을지도 모른다. 마약도 약, 그렇다면 쓰기 나름이니까.

"신의 가호가 쉐프에게!"

라벨라의 축복까지 등에 업은 장태는 출격 준비를 마쳤다. 그녀의 뱃속에서 펄떡펄떡 에너지로 되살아날 개구리처럼 힘찬 기운으로!

"쉐프!"

숀리가 다가와 두 손으로 타오를 건네주었다.

이겨주세요!

아론 등의 악동들 눈동자에도 투지가 펄펄 끓고 있었다.

"땡큐!"

칼을 받아 들었다.

타오에게서 스승의 마음이 느껴졌다.

출격이다.

이제 자기 왕국에서 전횡을 휘두르는 크리스에게 요리의 도를 알려줄 시간이 왔다.

*   *   *

"행운을 비네!"

아침햇살이 빛나는 쉼터 앞에서 아드리안이 손을 내밀었다.

"저도요!"

손리가 빠질 리 없다. 장태는 두 사람의 손을 번갈아 잡았다.

"쉐프 강!"

아드리안의 목소리가 스승에게 넘어갔다. 스승은 피식 미소로 아드리안과의 악수를 대신했다.

"가시죠."

장태가 도로를 가리켰다. 적진을 향할 때는 망설이면 안 된다. 그저 직진할 뿐이었다.

"이기겠죠?"

장태의 뒷모습을 보며 손리가 중얼거렸다.

"저분은 알겠지."

아드리안의 손이 하늘을 가리켰다.

"전 믿어요. 손 쉐프가 이길 거예요."

"저분이 다시 한눈팔지 않는다면."

아드리안의 손은 여전히 허공을 가리키고 있었다.

그 허공 너머에 안나와 라벨라, 이사벨과 루퉁이 보였다.

이사벨이 루퉁 옆에 있으니 영락없이 거목에 붙은 매미의 풍경이다. 그녀는 여전히 몽환에 잠겨 허공을 긁어대고 있었다. 그녀의 가녀린 손은, 대체 무얼 긁는 걸까. 생기가 있는 건 티셔츠의 황금 물고기뿐이었다.

장태는 산더미만 한 화물 트럭 앞에 섰다. 장태를 격전지로 픽업할 차였다. 노숙자들이 그 앞에 도열해 있었다. 손에 손마다 작은 들꽃이 하나씩 들려 있다. 누구의 의견일까? 그들은 말없이, 그 꽃을 장태 손에 올려주었다.

하나둘…….

꽃이 쌓여갔다.

마음이 쌓여갔다.

이기세요.

이길 거예요.

꽃이 말한다.

꽃에서 천국의 향기가 느껴졌다.

"고맙습니다!"

간결하게 답을 하고 스승과 함께 차에 올랐다.

하나같이 힘차게 손을 흔들어주는 사람들……. 그들의 손은 꽃의 물결처럼 흔들렸다.

'손장태…….'

제 이름을 혼자 생각했다.

오늘…….

굉장한 날이다.

시선이 손목으로 향했다.

어쩌면… 인대가 날아갈 수도 있는 날.

혹은, 크리스의 손목을 날릴 수도 있는 날.

'무섭니?'

스스로에게 묻고 고개를 저었다. 스승은 오대양 육대주의 요리를 두루 겪은 백전노장. 이제는 그 비기를 아낌없이 장태에게 알려주었다. 장태 또한, 게으름 없이 그 비기를 흡수했다.

그러니…….

'너는 할 수 있을 거야.'

부릉!

지긋이 눈을 감자 트럭 출발하는 소리가 들렸다.

"쉐프, 꼭 이기고 오세요!"

숀리와 아론은 턱이 숨까지 차올라 더는 뛸 수 없는 곳까지 따라오며 들꽃을 뿌렸다.

'짜식들…….'

늘 그렇다.

이런 때는…….

공연히 콧날이 뜨끈해진다.

금빛 만들레이 베이 호텔.

크리스는 주방에 있었다. 족히 두 뼘도 넘는 크기의 모자를 쓴 채 주방의 쉐프들을 모아놓고 일장 연설중이다. 복도까지 쩌렁거리는 그의 목소리는 거침이 없었다. 요리보다 언변이 몇 수 위였다.

"이어, 강 쉐프!"

크리스가 복도로 나왔다. 스승과 장태는 까딱, 짧은 고갯짓으로 인사를 받았다.

"인대 잘리기에 좋은 날이지?"

첫 마디부터 무한 염장 작렬.

"손목이 잘릴 수도 있지."

장태가 응수했다.

"아아, 좋아. 좋아. 그 패기……."

크리스의 오만은 쩌는 수준이었다.

"미스터 장이 와 있습니다."

주방에서 쉐프 한 사람이 나왔다. 그 얼굴을 본 스승의 이마가 일그러졌다. 쉐프의 이름은 아르노. 장태도 그 이름과 얼굴을 기억하고 있었다.

"친룽은?"

"방금 게임이 끝났답니다. 곧 올라올 거라더군요."

"오케이, 그럼 VIP 대기실로 가실까?"

크리스가 방향을 가리켰다. 장태와 스승이 함께 돌아서는 순간, 아르노의 손이 스승의 옷깃을 잡았다.

"선수만 입장 가능합니다."

빙그레, 그 입가에 서린 웃음, 명백한 비웃음이었다.

"블랙커피 한 잔 드시면서 느긋하게 기다리고 계십시오."

장태가 대신 스승을 예우해 주었다.

"헬로, 쉐프 손!"

문을 열자 장창뻥이 반갑게 맞았다. 밤을 새운 장창뻥, 피곤할 만도 하지만 활력이 가득했다. 그 이유는 곧 알 수 있었다.

"내가 판 좀 긁었습니다. 다 쉐프 손이 만들어준 요리 덕분이죠. 운빨이 척척 붙더라고요."

장창뻥의 입가에는 미소가 가시지 않았다. 물론 크리스의 입은 그 반대였다. 장창뻥이 대박을 친 과정을 설명할 때 또 한 사람이 들어섰다.

친룽!

사교성이 좋은 사업가로 유명한 사람. 중국계 인도인인 그도 말쑥한 차림이다. 피로감은 조금도 엿보이지 않았다.

"내가 말하던 그 쉐프입니다. 필이 오시죠?"

장창뻥이 친룽을 바라보았다.

"그렇군요, 반갑습니다."

친룽이 먼저 장태의 손을 잡았다. 장태는 정중한 묵례로 화답했다.

"이야, 크리스의 요리만 해도 '우타라크르'였는데 거기에 막 강한 신예 쉐프의 요리까지라……. 이 정도면 카지노에서 탈탈 털려도 섭섭하지 않겠는 걸?"

털털한 친롱도 활기차기는 마찬가지였다.

"기대하시죠. 오직 두 분만을 위한 정찬이 마련될 것입니다."

크리스가 답례를 하는 사이에 장태는 한 단어에 주목했다.

우타라크르!

인도 사람들이 말하는 실낙원, 간단히 말하면 천국.

크리스의 요리 마니아가 분명했다. 그렇기에 그의 요리를 천국으로 비유하는 것이다.

"그런데 여기 라스베이거스가 게임의 도시다 보니 기왕이면 두 분도 저희에게 배팅을 하시면……."

"이야, 그거 재미있겠군요. 저는 크리스에게 1만 불 걸겠습니다."

친롱은 시원하게 호응했다.

"그럼 저는 쉐프 손에게 걸죠."

장창뼹이 장태를 바라보았다.

"당신의 선택에 보답해 드리죠."

장태는 담담한 목소리로 뒷말까지 이어 내달았다.

"무얼 드시겠습니까?"

"공정을 기하기 위해 두 분께서 원하는 메뉴로 진행할까 합니다. 밤새 게임하느라 피곤하기도 하실 테니 원하는 메뉴가 있으면 뭐든지 신청하십시오. 드래곤 하트 요리만 빼고 뭐든 가능합니다."

크리스도 쇼맨십 작렬이다.

"어이쿠, 그러니까 더 고민이 되는군요. 크리스 쉐프의 요리만 해도 위장 용량이 모자라 한이 되는 판에 신성의 요리까지 합쳐 고르라면……."

친룽은 마냥 즐거운 표정을 지었다. 그 표정을 따라 장태의 시선이 날아갔다.

신쓴단매짠감…….

육류〉해물〉곡류〉채소〉과실…….

그가 선호하는 오미가 오방색으로 줄을 서는 게 보였다.

"그냥 두 분이 가장 자신 있는 요리를 하면 어떨까요? 아침이라 정찬을 받기도 좀 번거롭고……."

그 사이에 장창뻥의 의견이 나왔다.

"어쩌시겠나? 쉐프 손."

크리스의 시선이 넘어왔다. 딴에는 존중하는 듯한 말투지만 눈에는 멸시의 빛이 가라앉지 않고 있었다.

"두 분의 의견에 따르겠습니다."

장태는 콜을 받았다.

"그럼 의견에 따라 특별한 격식 없이 두세 가지 간단한 곁들임 요리가 딸린 단품 요리를 내는 것으로 하겠습니다."

두세 가지 곁들임이 딸린 단품 요리!

룰은 그렇게 정해졌다.

"두 분은 잠시만 기다려 주시고……. 가실까? 쉐프 손?"

크리스가 눈짓을 보내왔지만 장태는 움직이지 않았다. 할 말이 남은 것이다.

"두 분께서 거금을 배팅하셨으니 저희도 각자의 승부에 배팅을 하는 게 흥미를 더할 거라고 생각합니다만……."

작심한 장태가 귀빈들을 바라보았다.

"무슨 뜻이죠?"

친룽이 고개를 들었다.

"저희들 나름 전리품을 걸고 진행할 테니 두 분께서 핏 보스(Pit Boss)가 되어주셨으면 합니다."

핏 보스, 말하자면 게임을 책임져 달라는 의미였다.

"무얼 거시게?"

친룽이 물었다.

"쉐프들은 자기들만의 소중한 것이 있습니다. 그걸 걸고 하면 됩니다. 결과가 나와 전리품에 대한 권리가 행사될 때까지 자리를 지켜주셨으면 합니다."

"뭔지 모르지만 흥미진진하군요. 원하는 대로들 하세요."

친룽은 찬성.

장태의 눈이 장창뼁에게 옮겨갔다.

"두 분도 그게 즐겁겠지요. 카지노의 도시 호텔답게."

장창뼁도 의견일치를 보았다.

"손목을 바치는 걸 공인하려는 건가?"

식재료 냉장실 쪽으로 들어선 크리스가 웃었다.

"결과는 두고 보면 알겠지."

장태가 응수했다.

"외과 수술을 잘하는 병원을 미리 예약해 두는 게 좋을 거야."

크리스의 입가에 저급 버터의 느끼함이 스쳐 갔다.

*   *   *

"어떻게 진행하기로 했나?"

복도로 나오자 스승이 물었다.

"단품 요리로 정했습니다!"

"단품?"

"예……"

"손 쉐프!"

스승이 장태의 어깨를 마주 잡았다.

"선생님!"

"한 가지만 명심하게. 크리스는 실력 외에 두어 개 더 가진 게 있다는 거."

"홈그라운드요?"

"로엘의 홈하고는 완전히 다르네. 로엘은 수치를 아는 사람이지만……."

크리스는 철면피.

적절한 지적이었다.

여기는 크리스의 주방. 그는 어제부터 준비를 했을지도 모른다. 아니, 그보다 오래전부터 숙성해 둔 비장의 재료가 있을 수도 있었다. 그가 그런 재료를 쓴다면, 시작부터 꿀리고 들어갈 수밖에 없었다.

쉐프!

손맛의 마법사들이다.

하지만 한계가 있었다. 그 마법에는 언제나, 신선하고 좋은 재료라는 부대 조건이 필요했다. 제 아무리 훌륭한 쉐프라고 해도 저급한 재료만으로 천국의 마법을 부릴 수는 없는 일이었다.

"거기에 더해 술수!"

"막강 아이템이군요."

장태가 빙긋 웃어 보였다.

"로엘의 고용인 슐런트는 자네가 졌더라도 관용을 베풀 수 있는 사람이었네. 하지만 크리스는 달라."

"저도 로엘 때와는 좀 다르게 임하려고요."

"손 쉐프……."

"걱정이 되신다면 선생님, 이걸 떠올려 주시죠."

"……?"

"크리스는 자신의 이익을 위해 요리하고, 저는 선생님의 명예를 위해 요리할 거라는 거."

"……!"

"숀리와 안나… 그리고 많은 노숙자들의 응원을 업고 요리한다는 거……."

"……."

"말씀하셨지 않습니까? 요리란 좋아하는 사람을 위해서 할 때 가장 멋진 맛을 낸다고."

"손 쉐프."

"저는 선생님을 존경합니다. 꼭……."

장태는 잠시 쉬었다가 말을 이었다.

"선생님의 명예를 되찾을 겁니다."

"……!"

스승은 더 말하지 않았다. 장태의 진심이 전해진 까닭이었다.

"이제 편히 앉아 계시죠."

"그러지."

스승은 담담하게 대답했다. 뚜벅뚜벅 걸어간 그는 복도 끝의 의자에 거목처럼 자리를 잡았다. 그 모습을 확인하고서야 장태도 주방으로 향했다.

"둘이 설마 커플은 아니겠지?"

지켜보던 크리스의 빈정이 날아왔다.

"노안이라도 오신 모양이군."

"뭐, 이놈의 아메리카에는 별별 종류의 인간이 많아서 말이야."

"It s none your business!"

"오케이, 둘이 똥꼬를 찌르던 거시기를 빨든 알아서 하고……."

크리스는 테이블 위에 놓였던 은 종을 들어 흔들었다. 그러자 아르노 쉐프가 다가왔다.

"저 친구에게 식재료 전부를 개방하게나. 허투루 낭비를 하지만 않는다면 뭐든 허용하고."

"알겠습니다."

아르노는 허리를 숙여 지시를 받았다.

"재료 준비 시간을 얼마나 주면 되겠나?

크리스가 물었다.

"10분이면 충분해!"

장태는 한마디로 응수했다.

"코리안들은 성질머리도 더럽게 급하다니까. 그럼 시작하라고!"

크리스가 턱짓을 하자 아르노 쉐프가 앞장을 섰다.

만들레이 베이 호텔의 주방.

그곳은 식재료의 박물관으로 불려도 손색이 없을 정도였다. 모든 것은 완벽한 공간에서 완벽하게 구분되어 보관되어 있었다. 육류와 어류, 패류와 갑각류, 야채와 향신료에 더해 기본 소스들까지……

와인과 샴페인, 꼬냑의 종류도 상상초월이었다. 최상급 호텔이라는 말은 괜한 게 아니었다.

'그러나……'

그 중앙에서 식재료의 요람을 둘러본 장태의 혈관이 뜨겁게 달아올랐다. 이 모든 시스템은 바로 스승이 고안한 일이었다. 어느 요리의 오더가 들어와도 신속하게 꺼낼 수 있도록 일목요연한 정리. 하지만 스승은 결국 이 자리에 서지 못했다.

"요리는 좀 한다고 들었는데 와인은 볼 줄 아시나?"

와인 보관실에 들어선 아르노의 눈빛도 크리스와 다르지 않았다.

"안내 끝났으면 나가주시면 고맙겠는데?"

장태의 묵직한 대꾸가 터졌다.

"뭐야?"

"나가주시라고!"

요!

한 박자 늦게 공대를 갖춘 장태가 문을 가리켰다. 아르노는 핏대 오른 얼굴로 와인을 집어 들더니 보관실을 나갔다. 저렴한 경고를 잊지 않고서.

"뭐 하나 슬쩍할 생각일랑 꿈도 꾸지 말라고!"

아르노가 가져간 와인은 샤토 디켐이었다. 그것도 무려 1955년산. 세계 최고의 화이트 와인으로 포도 작황이 좋지 않으면 단 한 병도 출시하지 않는다는 명품 와인이었다. 장태도 머리에 그리던 것이지만 바로 지워냈다. 따라쟁이가 될 생각은 추후도 없었다.

와인!

보관실에는 샤토 디켐을 비롯해 로마네 꽁티, 그랑 제셰조, 클로 드 부조까지 없는 게 없었다. 거기서 잠시 장태는 생각을 정리했다. 메뉴 결정을 앞두고 한 번 더 복기가 필요했다.

두 사람의 식욕 분석!

그건 이미 끝나 있었다. 온몸에 조화를 이룬 고른 색상. 그 중에서도 활력에 넘치는 자극적이고 강렬한 맛들. 거기서 건져 올린 테마는……

'친룽은……'

재충전!

그의 식욕 색상은 아주 느긋했다. 서두르지 않고 즐기려는 기색. 그렇다면 재충전이 옳았다. 높은 식욕 게이지에 별다른 변수도 없는 상황. 그대로 밀기로 했다.

'장창삥은……'

오늘도 프라이드!

'공집합은?'

뭘까?

재충전과 프라이드의 공감대…….

둘이 먹을 요리는 같아야 한다. 그러자면 두 사람의 교집합이 필요했다.

—모험하는 최대 만족이냐?

—안전빵의 최저 만족이냐?

갈림길에 섰다. 두 사람을 다 만족시키는 것과 두 사람을 다 실망시키지 않는 것. 둘 중 한 쪽을 택해야 하는 것이다.

(재충전과 프라이드.)

그때 크리스가 재료를 집어 들고 나왔다.

"……?"

크리스의 손에 들린 건 양고기였다. 바로 야뇨들레. 생후 한 달 정도 된 젖먹이 새끼 양. 아직 풀 한 포기 먹지 않은 새끼다. 지구상에 존재하는 그 어떤 고기보다 우월하다는 고기였다.

더구나!

냄새로 보아 습식 숙성 5-6일 수준. 그렇다면 건조 숙성된 고기보다 더 부드럽다는 결론.

재료칸에는 아직 한 덩어리가 남았다.

쓸 테면 쓰라고.

크리스가 턱짓을 했지만 장태는 외면해 버렸다.

두 귀빈의 식욕은 왕성했다. 야뇨들레라면 환장할 맛이 될 수 있었다. 하지만, 그들이 원하는 오방색의 육류 빈자리는 크리스의 야뇨들레까지. 장태마저 같은 육류를 택한다면 지뢰가 될 가능성이 높았다.

'오케이!'

마침내 결론이 나왔다. 결정이 나자 장태는 와인부터 집어들었다. 장태의 선택은 '그랑 제셰조'였다. 신중하게 라이터를 비춰보았다. 침전물이 마음에 들지 않았다. 몇 병을 골라 기어코 마음에 드는 걸 찾았다.

부탁해.

와인을 톡톡 두드려 애정을 표하며 밖으로 나왔다.

"로마네 꽁티가 아니고?"

장태를 본 아르노가 비웃음을 흘렸다.

와인도 모르는 풋내기 같으니.

딱 그 의미였다.

그는 보란 듯이 '샤토 디켐'의 코르크를 열더니 와인을 조심스레 디캔터로 옮겼다. 보통 음식을 먹기 전에 마개를 따는 건 레드 와인이다. 공기 접촉으로 맛을 깨우려는 것. 하지만 화이트 와인은 아니었다. 그렇다면 열두 가지 얼굴을 가진 샤토 디켐이기에 가능한 것일까?

상관없지.

그는 그의 길을 나는 나의 길을.

장태는 요리 시간을 가늠하고 천천히, 와인 코르크를 벗겨냈다.

'송어······.'

지나오면서 보았던 송어를 찾아온 장태. 선어로 놓인 송어들을 바라보았다.

송어의 특성······.

장태의 선택이었다. 어쩌면 두 귀빈을 아우르는 소재가 될 수 있었다. 얼음에 살짝 잠긴 송어는 30여 마리. 그냥 보기에는 다 때깔이 좋았다. 그중 맨 끝에 놓인 걸 집어 들었다. 기름 냄새가 무거운 한편 산과 강 내음이 약했다.

확인을 위해 두 장 뜨기를 해서 회로 만들었다. 그 한 점을 간장 위에 올리자 기름이 함빡 떠올랐다. 예상대로 덩치만 잔

뚝 키운 양식이었다. 현대 식재료의 병폐는 일류 호텔에서도 예외는 아니었다.

한 마리 더 실험!

결과는 다르지 않았다.

—크기와 모양!

—때깔 지상주의!

그게 인류의 식탁을 망치고 있었다.

난관이었다.

장태가 머리에 그렸던 건 바로 송어 스터프. 그러나 잡스러운 기억을 가지고 자란 송어로는 최상의 맛을 보여줄 수 없었다.

그때 주방의 끝에서 일하는 한 쉐프가 보였다. 그는 고기의 틀을 잡아주는 크래핀으로 쇠고기를 말고 있었다. 저걸 쓰면 원하는 상태로 고기를 익히거나 삶을 수 있다. 전에는 계란 노른자의 끈기로 형태를 잡던 게 진보된 것이다. 얼기설기한 크래핀은 마치 물고기의 비늘처럼 보였다.

비늘……

다시 송어로 시선이 옮겨갔다.

송어……

물줄기 세찬 강에서 건져 올린 거라면…….

장태의 머리에서 뛰어놀던 송어가, 돌연 이사벨의 티셔츠

안으로 튀어 들어갔다. 송어는 황금빛으로 변했다. 초록이 아른거리는 초콜릿색 배경 속에서 유유한 이사벨의 황금 물고기…….

그러다 저 너머의 템페에 시선이 닿았다. 템페는 대두로 만든 식재료였다.

두부!

뭘 할 수 있을까?

초특급 호텔의 메인으로는 절대 어울리지 않았다.

풍덩!

그 두부에도 이사벨의 금빛 물고기가 뛰어들었다.

'아!'

순간, 벼락같은 영감이 왔다.

요리는 정해진 틀이 있는 게 아니다. 어떤 요리에서는……. 콩이 메인이 될 수도 있었다. 그게 바로 쉐프의 역량이었다.

'좋아.'

장태는 방향을 급수정했다.

'송어 스터프를 원칙대로만 만들라는 법은 없지.'

9장

황금 송어 스터프

마음이 가는 대로!

나쁘지 않을 것 같았다. 장태는 흙냄새가 싱그럽게 밴 감자
와 고구마를 흥겹게 집어 들었다.

감자와 고구마였다!

물론 템페와 두부 등도 있었다.

공통점은 죄다 식물성이라는 것.

접시는 두툼한 질그릇 중에서 골랐다. 마침 괜찮은 게 몇
개 있었다. 일단 하나를 집어 들었다. 이사벨 티셔츠처럼 초
록이 감도는 초콜릿 바탕. 만약을 위해 접시 바닥에는 슬쩍,

올리브 오일을 발라두었다. 스승처럼 당할 생각은 없었다.

그런 다음, 핸드폰을 꺼내 몰래 고정시켰다.

핸드폰!

자신의 요리 과정을 녹화라도 하려는 걸까? 장태가 누른 버튼은 동영상이었다.

톡!

가벼운 터치와 함께 카메라가 돌아가기 시작했다.

"템페와 감자?"

아르노의 귀뜸을 들은 크리스가 파뜩 고개를 들었다.

크리스는 귀를 의심했다.

"폼 수플레나 그라탱 드 피누아라도 만들려는 건가?"

"그럴지도 모르죠."

"큼지막한 클리버를 갈아둘까요?"

아르노가 손목 치는 흉내를 내며 징그럽게 웃었다.

"그럴 필요 없어. 칼은 저걸로도 충분하니까."

크리스의 시선이 장태의 타오에 닿았다. 장태는 여러 재료들 옆에서 타오로 감자 껍질을 벗겨내고 있었다.

큰 푸주칼에 날렵한 손.

얼핏 보기에는 부조화지만 장태는 달랐다.

슥슥!

껍질은 콩과 두부가 가지런히 놓인 테이블 옆에 낙엽처럼 쌓여갔다. 양은 푸짐하고 또 푸짐했다.

이 칼은 타오!

별빛을 머금은 칼.

오늘따라 청아한 별빛은 더욱 아른거렸다. 벼르던 크리스와의 격전이었으니 스승의 것이자 장태의 분신이 된 타오가 모를 리 없었다.

스릉…….

타오가 닿자 템페와 감자가 잠을 깨기 시작했다. 시들어가던 생명의 진기. 그게 깨어나는 것이다.

다다다닥!

장태의 손은 진기의 결을 쫓아 쉬지 않고 쪼아나갔다.

톡톡!

그중에서도 건강한 기억을 품고 자란 부분을 가려냈다. 잡티가 낀 것은 가차 없이 아웃!

'푸아그라 소 브리오슈…….'

저만치 오븐에서 나온 크리스의 에피타이저용 요리가 보였다. 냄새만으로도 장태는 감을 잡았다. 세게 나온다. 프랑스 정통 맛으로 꼽히는 아이템. 브리오슈 또한 흔한 눈사람 모양 그대로가 아니었다.

당연히 그러셔야지.

장태는 브리오슈 안에 숨긴 맛의 정체를 알았다.

'철갑상어의 골수……'

장태의 후각이 반응했다.

일단 빵 안을 둥글게 파냈다. 거기에 게살에 철갑상어의 골수를 이용해 굳힌 젤리로 벽을 세우고 피를 말끔히 뺀 최상급 푸아그라 테린을 저며 넣었다. 푸아그라 고유의 기름으로 굳힌 테린이었다. 고유의 기름으로 굳히면 식감이 확 올라가게 마련.

다음에 다시 철갑상어 골수로 만든 젤리를 채우고 질 좋고 검은 송로버섯으로 마지막을 장식……. 철갑상어의 골수는 찰기를 더하고 감칠맛을 살리는 재료. 질 좋은 푸아그라까지 매치시켰다면 폭발적인 감칠맛이 나올 수도 있었다.

브리오슈를 담을 접시 옆에는 치즈의 왕 '브리'가 보였다. 냄새로 보아 냉장고에서 나온 지 약 40분. 보통 냉장고에서 꺼낸 지 한 시간 후에 먹으므로 역산하면 크리스의 요리가 20분 후에 끝난다는 얘기였다.

그리고…….

마침내 크리스가 새끼 양 스테이크를 집어 들었다.

화력 오케이!

밑간 오케이!

그 말은 장태의 중얼거림이었다. 크리스의 타이밍은 정확했다. 철판이 알맞게 달아오른 지금 고기를 올린다면…….

치이이!

기름이 화력과 닿는 소리도 청명하고 좋았다.

'흠흠……'

냄새도 기가 막혔다. 장태는 자신도 모르게 꼴깍 침을 삼켰다. 저런 고기라면, 이빨 듬성한 할머니가 입에 물어도 우물, 부담 없이 넘어갈 것 같았다.

더불어 또 하나의 포인트가 있었다.

바로 식감을 최고조로 끌어올리는 선명한 레드 칼라.

기대가 커갔다.

어쩌면 스테이크에 무지개 색깔 하나를 옮겨놓을지도 몰랐다.

크리스의 손은 마무리를 향해 움직였다. 여유 있어 보였고, 느긋해 보였다. 몰입하면서도 장태의 일거수일투족까지 점검하는 여유. 그 역시 말빨이나 수작만으로 쉐프가 된 건 아닌 게 분명했다.

그 마무리는 감탄스러웠다.

그는 친룽의 입맛을 알고 있었다. 아니, 제대로 된 쉐프라면 자기 손님의 취향을 꿰고 있는 게 옳았다. 그 또한 요리의 일부기 때문이었다.

친룽은 푸아그라 마니아. 그렇기에 그의 접시에 푸아그라 가루를 곁들인 소스를 잊지 않았다. 스테이크 위에 솔솔 뿌려

주는 일도······.

'끝!'

손을 턴 크리스는 중세풍 두 접시를 은빛 카터에 올렸다. 푸아그라가 듬뿍 들어간 브리오슈와 새끼 양고기 스테이크, 그리고 손으로 뜯어 완성한 샐러드는 싱싱함이 황제의 만찬에 못지않았다.

크리스는 장태를 돌아보았다. 요리는 보이지 않았다. 역시 은빛 카터에 접시를 담은 장태가 커버를 덮어버린 까닭이었다.

푸훗!

코웃음이 나왔다. 장태가 주무르던 건 고작 파테와 감자, 그리고 콩에 딸린 두부와 샐러드 따위가 거의 전부였다.

노숙자들 파티라도 하는 줄 아는 건가?

푸훗!

"어이, 준비되었나?"

이미 승자가 된 듯 크리스가 물었다.

"물론!"

장태는 마지막으로, 코르크를 벗겨두었던 와인 그랑 제셰조를 조심스레 챙겼다.

"그럼 가지. 귀빈들께서 시장하실 것이니."

"물론!"

대답과 함께 장태는 카터를 밀었다. 아르노의 비웃음이 끈끈하게 따라왔지만 개의치 않았다. 그 비웃음의 주인이 누가 될지는 하늘만이 알 일이었다.

'수고했어.'

카터를 밀기 전에, 장태는 타오의 칼등을 쓰다듬는 걸 잊지 않았다.

"……!"

특실 안, 마침내 장태의 카터 커버가 올라가자 크리스가 경기를 했다. 장태가 꺼내놓은 요리 때문이었다.

'송어 스터프?'

촉촉한 황금빛 알이 가득 터져 나온 송어 스터프. 그건 마치 황금의 바다에서 건져 올린 듯 완전한 금빛이었다.

크리스는 눈을 의심했다.

황금 알을 덮은 다시마 거품이 갓 방출한 알인 양 생동감을 더하고 있지 않은가? 물고기 모양은 조금 다르지만 송어 스터프 계열이 분명했다. 겉이 황금빛으로 바삭하게 구워진. 그건 송어의 기름을 빼고 적량의 올리브기름을 두 번 바르는 수고를 더해야만 나올 수 있는 절정의 비주얼이었다.

곁들임은 파테와 샐러드였다. 잘 구워진 파테 또한 한입 물면 아사삭 낙엽 부서지는 소리를 낼 것만 같았다.

'대체…….'

크리스는 문득 이마를 스쳐 가는 서늘함을 느꼈다.

"이야, 한쪽은 명화 같은 금빛 생선에 한쪽은 요염한 레드 칼라의 스테이크……."

친룽은 손바닥을 비비며 침을 넘겼다. 기대감이 정수리까지 치고 올라온 모양이었다.

—금빛 알을 품은 송어 스터프!

—백일홍 빛 선명한 새끼 양 스테이크!

두 개의 접시는 완벽하게 대조를 이루고 있었다. 스테이크의 색이 어찌나 선명한지 비주얼만로는 크리스가 두어 발 앞서 나가는 형국이었다.

"먹어볼까요?"

장창뻥도 나이프를 잡은 후였다. 젊은 CEO의 목으로도 꼴깍 침 넘어가는 소리가 들렸다.

"제 요리의 주제는 순수와 원숙의 하모니입니다. 주제에 맞춰 지상 최강의 고기로 불리는 생후 30일된 새끼 양 야뇨들레. 무엇에도 오염되지 않은 육류의 참맛을 준비했으며, 북미 허드슨 밸리 농장에서 자란 최상급 푸아그라를 골라 농후한 맛을 대비시켜 보았습니다. 이는 떠오르는 사업가인 장창뻥 님과 원숙기에 접어든 친룽 님의 아름다운 교분이 지속되기를 바라는 마음이니, 어떤 고기와도 최적의 궁합을 이루고, 특히 와인은!"

크리스는 '특히'를 강조하며 남은 말을 맺었다.

"푸아그라와는 최상의 궁합을 자랑하는 샤토 디켐을 와인으로 골랐으니 두 분의 품위에 모자람이 없으리라 생각합니다."

크리스의 스테이크에서는 정향과 블랙 페퍼향이 은은하게 피어올랐다. 잘 가미된 정향이라면 새끼 양고기의 순수한 풍미를 극한으로 올릴 만한 것. 블랙 페퍼까지 합쳤으니 육질 깊이 스며들어 진미를 유지할 게 틀림없었다.

'거기에 더해진 것…….'

숨겨진 맛의 향연이 또 있었다. 레몬 커드에 녹인 레몬 소금이었다.

레몬!

명품 와인에는 썩 어울리지 않는 궁합이다. 신맛은 와인 맛을 누른다. 무릇 정통요리의 주인공은 언제나 와인과 어깨를 나란히 하는 법. 그걸 아는 크리스의 선택이니 실수일 리는 없었다.

과연!

그랬다. 신기하게도 레몬 소금에서 신맛이 올라오지 않았다. 비밀은 단맛에 있었다. 원래 단맛은 신맛을 감추는 법. 단맛의 절묘한 배합으로 신맛을 눌러 버린 크리스. 그가 원하는 상큼함과 담백함을 최상으로 부각시키고 있었다.

"못 참겠군. 일단 한 입!"

친룽의 손이 와인잔을 잡았다. 가볍게 와인을 머금은 그는 입안에 고른 향을 퍼트린 후에 브리오슈를 집어 들었다.

"후아!"

맛의 감탄사가 동시에, 두 사람에게서 밀려나왔다.

"속이 촉촉한 빵에 말랑한 젤리, 거기에 진한 푸아그라와 송로버섯이 섞이니 입안에 천국이 들어온 것 같습니다."

친룽은 입맛을 다실 사이도 없이 거푸 빵을 물어댔다.

'어떠냐?'

크리스의 오만한 시선이 장태에게 건너왔다. 잠시 맴돌던 이마의 서늘함은 가시고 없는 모양이었다.

너 따위가 감히!

그의 얼굴에 촘촘히 박힌 단어가 보였다. 하지만 장태는 의연할 뿐이다. 여기까지는 예상하던 바였다. 상대는 만들레이 베이의 총주방장. 그런 그가 겉만 화려한 요리를 내놓았다면 오늘까지 준비한 과정이 실망스러울 일이었다.

"자, 그럼 세상에 오염되지 않은 원초적인 양고기를 먹어볼 까?"

친룽은 장창뺑을 슬쩍 바라보고 바로 고기를 썰었다. 내 단골 쉐프는 이런 사람이라네. 그런 자부심이 엿보였다.

그 순간, 크리스의 입가에 흡족한 미소가 스쳐 갔다.

사르르!

비밀병기였다. 고기 안에 감춰둔 또 하나의 필살 풍미가 배어나온 것이다.

"......?"

장태는 표정의 변화 없이 후각을 집중했다.

'불맛을 입힐 때 불에 떨어뜨린 물질......'

와인 샤토 디켐이었다.

고기에서 기름이 빠지는 찰라에 겉에 뿌린 스파이스와 버터, 그 하모니가 와인향과 어우러지면서 부드럽고 깊은 맛을 만들어냈다. 그 맛이 연기를 타고 스테이크에 코팅된 것이다. 단순히 버터를 뿌려 구운 것과는 천지 차이.

하지만!

이해가 되지 않았다. 와인을 불에 뿌리면 그대로 타버리기 때문이었다. 그때 크리스의 테이블에서 봤던 스프레이가 떠올랐다.

'그렇군. 기름이 떨어져서 연기가 올라올 때 그 연기에다 와인을 뿌렸어.'

잠시지만 등골이 뻐근해졌다. 크리스가 불을 수준 있게 다룬다는 방증이었다.

두 귀빈은 금세 스테이크를 뚝딱 비워냈다. 다만 샐러드는 좀 남았다. 이유가 있었다. 장태의 요리가 후각을 유혹하고 있었기 때문이었다.

눈으로 장창삥을 바라본 친룽.

장창삥이 고개를 끄덕이자 바로 장태의 접시를 앞으로 당겼다.

마침내!

장태의 접시가 그들 미각의 도마에 오른 것이다.

꼴깍!

친룽의 목젖이 On Off 스위치처럼 내려갔다 올라왔다. 애석하게도 크리스의 접시에서 보인 반응보다는 움직임이 작았다.

'송어 스터프 따위는…….'

아뇨들레 스테이크의 적수가 될 수 없어.

크리스의 미소가 조금씩 커지는 게 보였다.

"드셔보시죠."

장태는 담담하게 시식을 권했다.

꿀꺽, 입맛을 다신 친룽이 파테를 먼저 먹었다.

바사삭!

사사사악!

상큼한 소리는 메아리처럼 들렸다. 소리와 함께 담백함에 어우러진 와인향이 입안 가득 몰아쳤다. 내용물은 닭고기가 주를 이루고 송이버섯과 죽순, 밤 등을 넣어 파이 반죽으로 구워낸 거였다. 소스에는 크리스와 달리 이탈리아산 흰 송로버섯이 날 것으로 올라갔다. 보기에는 데미글라스 소스 같지만 그 위에 머스터드 오일에 절인 양파까지 뿌려진 게 달랐다.

"닭고기인가요? 맛이 말할 수 없이 진하면서도 부드러워요."

친룽이 또 한 입을 우물거리며 물었다.

"장창뼝 님은 어떠신지요?"

장태는 대답을 장창뼝에게 넘겼다.

"고기 같으면서 아닌 것도 같고…… 이건 뭐 그냥 맛의 폭풍이 황하 강물처럼 몰아쳐서……"

"그러게. 입안에서 송로버섯과 섞이면서 미친 듯이 녹아버리는데?"

"와인향도 은은하면서도 탄력이 있고… 끝 간 데 없는 담백함에 그윽함까지……"

파테는 금세 바닥을 보였다. 두 귀빈의 눈은 어느새 송어 스터프로 향하고 있었다. 그러다 친룽이 막 배를 가르려 할 때,

"저스트 모먼트!"

장창뼝이 나이프를 막았다.

"왜 그래? 땡겨서 미치겠는데?"

"이거… 어디서 본 적이 있는 그림입니다."

"본 적이 있다고?"

친룽이 고개를 들었다.

"잠깐만요. 어디서 봤더라⋯⋯."

장창뻥의 손이 바삐 핸드폰을 더듬었다.

"아, 이거네요. 파울 클레의 명작 황금 물고기!"

그가 화면을 내밀었다. 화면 속에는 장태의 요리와 꼭 닮은 황금빛 물고기가 올라와 있었다. 노릇하게 익은 송어 스터프와 접시색깔의 매칭. 싱크로율이 무려 90%를 넘고 있었다.

"어이쿠, 요리가 아니라 명화를 옮겨온 거로군."

친룽이 감탄을 토했다.

크리스의 눈꺼풀이 살포시 경련하는 게 보였다. 요리로 옮겨온 명화. 미식가들의 가산점이 붙을 수 있는 요인이었다.

"⋯⋯!"

사실 놀라기는 장태도 마찬가지였다.

'이사벨의 셔츠 그림이 명화였을 줄이야.'

그건 장태도 몰랐던 일이었다.

아무튼!

나쁘지 않았다.

젊은 장창뻥이 먼저 송어의 배를 열었다.

바사삭!

맑고 청명한 소리는 귀부터 즐겁게 만들었다.

"오옷!"

그러나 감탄은 두 귀빈의 입에서 거의 동시에 새어나왔다.

송어의 배에 숨어 있던 음식 때문이었다.

"이, 이것……."

친룽은 마법에 홀린 듯 파르르 경련했다. 그건 크리스도 예외는 아니었다. 껍질을 벗고 나온 건 크리스의 스테이크를 뛰어넘는 '스테이크'였다.

스테이크!

선명한 표면은 선홍빛 보석이 내려앉은 듯 반짝거렸다. 그냥 반짝이는 게 아니었다. 그때마다 고소한 감칠맛이 아지랑이처럼 포근하게 피어올랐다.

평범한 스터프가 아니라 스테이크를 품은 송어 스터프.

*　　　*　　　*

"잠깐!"

순간 크리스가 친룽과 장창뼁의 손놀림을 막았다. 그런 다음 묵직한 질문을 날렸다.

"친궁께서는 소고기를 즐기지 않으신다네."

친룽은 인도 출신. 맹렬한 힌두교도까지는 아니었지만 부모의 영향으로 반기지 않는 편이었다. 크리스는 그걸 체크하려는 모양이었다.

"소고기 아닙니다."

장태는 한마디로 답했다. 크리스의 눈에서 김이 쭉 빠지는 게 보였다.

"……!"

크리스의 신경이 다시 곤두서기 시작했다. 아직 젊은 장태. 경험이 미숙하기에 틀림없이 허술한 점이 있을 것 같았다.

옳지.

크리스는 이내 원하던 것을 찾아냈다. 스테이크의 소스가 없는 것이다. 카터에도 보이지 않았다. 주빈들이 원하면 가져다줄 수는 있겠지만, 필요한 것을 빼먹었다는 자체로써 큰 흠이 될 수 있었다.

'그럼 그렇지.'

크리스가 씨익 웃었다. 이 친구, 쉐프 강이 데려왔으니 뭔가 한 방은 있었다. 그러나 전체에 집중하다 부분을 놓쳤다. 결국 주특기 하나로 요행을 바란다는 뜻. 살짝 치솟았던 긴장이 슬며시 가라앉기 시작했다.

칼질은 친룽이 먼저 했다. 고기는 꿈결처럼 부드럽게 썰렸다. 내용물은 다진 고기처럼 보였다. 그 풍미 역시 풍후한 와인향을 풍겨냈다. 그윽하고 감미롭다. 거기서 크리스의 미간이 또 한 번 구겨졌다.

'소가 아니면 대체 무슨 고기냐?'

와인에 재운 육류.

그건 장태에게 제공하지 않았다. 크리스가 쓴 재료들은 전날 밤부터 준비한 것들이었다. 그런데, 장태의 요리에서 풍기는 와인의 농밀함은 겉도는 게 아니었다.

분명!

장태는 칼만 가지고 왔었다. 그런데 대체……

어떻게?

크리스가 골똘하는 사이에 스테이크 한 점이 친룽의 입으로 들어갔다.

"흐으음……"

친룽은 숨이라도 넘어갈 듯 깊은 신음을 토했다.

"후아아!"

장창뻥의 신음도 뒤를 이었다.

꿀꺽!

첫 한 점을 삼킨 두 사람의 눈이 눈덩이만 하게 커졌다. 뭐라고 말하려 하지만 입안의 맛을 달래느라 여념이 없는 두 사람.

"이야, 이런 식감은 난생 처음입니다. 완전히 맛의 토네이도로군요."

"푸짐한 감칠맛에 구름처럼 부드러운 식감… 최상급 참치가 녹아드는 것보다 한 수 위인데요?"

"아니, 잠깐……. 스테이크 안에 뭐가 또 있어."

"맞아요. 상쾌하고 달콤한 뒷맛이 입안에 고인 풍미를 한 번 더 높여주고 있어요."

친룽과 장창뻥은 다투듯 목소리를 높였다.

"그건 자두 플럼입니다."

장태가 설명했다.

"플럼?"

"말린 자두를 구워서 쨈처럼 박았습니다. 굽는 동안 신맛이 빠지고 단맛이 높아졌으니 와인을 즐기시는 데는 방해가 되지 않을 겁니다."

"아, 플럼……."

친룽이 고개를 끄덕거렸다.

"하지만 이 스테이크에는 소스가 빠져 있습니다."

반응이 뜨거워지자 지켜보던 크리스가 슬쩍, 태클을 걸고 나왔다.

"오, 그러고 보니 소스가 없군요. 이 식감과 잘 어울리는 소스가 있다면 더 기가 막힐 것 같은데……."

친룽이 동조를 하고 나섰다. 크리스는 느긋한 미소로 장태를 돌아보았다.

이 애송이…….

그런 눈빛이었다.

"아뇨. 소스는 준비되어 있습니다."

장태는 담담하게 대답했다.

"주방에서 가져오겠다는 건가? 이분들은 VVIP 고객님들이시라네."

크리스의 점잖은 충고가 이어졌다. 장태는 그 얼굴을 바라보며 더욱 공손하게 대답했다.

"소스는 처음부터 접시에 있었습니다."

"뭐라?"

"그 황금빛 알을 터뜨려 보시죠."

장태의 손이 다시 접시를 가리켰다.

"알을요?"

장창뻥의 손이 송어알을 향해 다가갔다. 다시마 육수로 만들어진 거품은 그때까지도 창창하게 살아 황금알의 기품을 더해주고 있었다.

퐁!

포크가 닿자 송어알들이 상큼한 소리를 내며 터졌다. 알이 터지자 안에 숨어 있던 소스가 진한 향을 내며 모습을 드러냈다.

"오우, 알이 아니라 소스였군요?"

놀란 장창뻥이 장태를 바라보았다. 그 말에 더 놀란 사람은 크리스였다.

알이 아니라 소스⋯⋯.

그렇다면 분자 가스트로미 요리에 속하는 영역. 하지만 실은 흉내일 뿐 그리 대단한 것은 못 되었다. 손리가 보여준 것을 응용했을 뿐.

그런 사실을 알 리 없는 크리스. 미간이 한없이 일그러지고 있었다.

"음⋯⋯. 이건 딱 내 취향인데?"

"그래요? 저도 향이 마음에 쏙 드네요."

친릉에 이어 장창삥도 재미난 듯 알을 터뜨리고는 흘러나온 소스를 듬뿍 묻혔다. 동시에 스테이크를 문 두 사람은 정수리를 후려치는 소스의 맛에 머리를 움찔거렸다.

"푸하, 매콤한 카레 맛에 상큼달콤한 뒷맛⋯⋯."

침이 튀었다.

"샹차이 향도 우러나는데요? 무겁던 속도 편안해지는 것 같고⋯⋯."

"육질 안에서 씹히는 플럼이 전체 맛을 한 번 더 높여주고 있어. 이제 보니 이 플럼은 소스를 안 찍으면 소스 역할이고 찍으면 소스를 살리는 맛⋯⋯."

"쉐프 손!"

장창삥이 장태를 바라보았다. 설명이 필요한 타임이었다.

"일단 와인을 한 모금 부탁드립니다."

장태는 느긋하게 와인잔을 가리켰다. 두 사람은 같은 동작으로 와인을 마셨다.

"어떤가요?"

"와인 맛이 달라졌네요. 아까는 복숭아향이 나는 것 같더니 지금은 맑은 숲의 향이 나요."

소감은 장창뻥 입에서 나왔다. 아직 젊은 그는 와인의 매력을 다 모르고 있었다.

"행운이군요. 사실 와인은 병을 따봐야만 좋은 지 아닌 지 알 수 있는데 만족하시니 로마네 꽁티를 고르지 않은 게 다행인 거 같습니다. 좋은 그랑 제세조는 로마네 꽁티하고도 안 바꾼다는 말이 있기는 하지만요."

장태는 와인의 맛을 두 귀빈의 행운으로 돌렸다. 이어 요리에 대한 설명을 시작했다.

"두 분의 미각은 아주 훌륭하군요. 이건 머스터드소스와 옥토 비네그레트소스를 기본으로 재구성한 겁니다. 위에 부담이 되는 동물성 난황은 제외하고 올스파이스와 커큐민, 코리엔더, 플럼의 즙을 첨가했죠. 커뮤민은 인도에서 비롯된 것이고……."

잠시 간격을 두었던 장태가 설명을 이어갔다.

"코리엔더는 중국의 샹차이와 다를 바 없으니 두 분 몸을 이루는 근본이라 부담이 없을 거라 생각했습니다. 또한 올스파이스와 플럼, 커큐민은 밤새 게임에 지친 두 분을 위한 작은 선물이었습니다. 커큐민은 지친 간에 힘을 주고 플럼과 올스파이스는 소화를 도와 위장을 편하게 만들어줄 겁니다."

"그렇군요. 하지만 그것 말고도 느껴지는 맛이 있는데?"

친룽은 혀로 입술을 쓰다듬었다.

"나머지는 홀리 바질과 콩즙입니다."

"홀리 바질?"

친룽의 말에 크리스도 덩달아 반응을 했다. 홀리 바질은 온몸을 감미롭게 한다는 신비의 묘약. 그러나 개성이 강해 함부로 쓰면 맛을 버릴 우려가 있었다. 그렇기에 크리스도 몇 번 고려하다 포기한 것이었다. 그런데, 이 애송이가 그걸 완벽하게 사용했다. 그것도 여러 스파이스와 함께.

"홀리 바질은 에너지를 선물하는 모험심 덩어리 묘약이지만 버터밀크를 만나면 소녀처럼 변하는 성질이 있지요. 비슷한 성질을 가진 콩즙을 찾아서 잠시 눌러두었지만 소화가 되는 2-3시간 후면 마침내 몸 안에서 작렬할 겁니다. 그때 게임을 하시면 도움이 될 것으로 봅니다."

"그것까지 계산했단 말입니까?"

"아마 적중할 겁니다."

"오, 마이 갓! 그렇게만 된다면 쉐프 손은 스파이스의 마법사가 틀림없을 겁니다. 극과 극의 스파이스를 아울러 먹는 사람에게 그 기운을 발현시키는……. 제가 이따가 한번 확인해 보지요."

친룽은 농담 반 진담 반으로 받아들였지만 즐거운 표정인 것만은 확실해 보였다.

"이제 샐러드 차례입니다."

장태가 다시 접시를 가리켰다.

샐러드!

싱그럽게 숨 쉬는 마지막 접시를.

아삭아삭!

소리의 선두주자는 살짝 얼린 양상추. 두 귀빈의 샐러드 먹는 소리는 조화로운 화음처럼 들렸다. 그들의 입안에서 봄의 교향곡이 연주되는 것이다. 구석구석 물기를 뺀 장태의 샐러드는 신선함의 극치가 무엇인지 보여주었다.

"화아, 입이 가뜬해졌습니다."

친룽은 입술을 쓸어내며 웃었다. 두 귀빈의 시식이 그렇게 끝났다. 접시는… 소스 한 점 없이 깨끗했다.

반짝!

접시가 웃었다.

"고맙습니다."

장태는 꾸벅 묵례로 감사를 대신했다.

"그건 그렇고 대체 이 고기는 뭡니까? 먹고 나서도 땡기니 알아야 나중에 또 부탁을 하지요."

이번에는 장창뻥이 물었다. 장태는 차분한 미소를 지은 후에 천천히 대답했다.

"죄송하지만 사실 그건 고기가 아닙니다."

"고, 고기가 아니라고요?"

"예!"

"그럴 리가? 식감이나 맛이 퍼펙트한 고기였는데?"

장창뻥이 친룽을 돌아보았다.

"가만, 그러고 보니 이게 혹시?"

친룽은 감이 오는 모양이었다. 그게 바로 연륜이었다.

"친룽 님께서는 아시는 눈치로군요. 대신 설명해 주시겠습니까?"

장태가 말했다.

"중국이나 일본에서 맛 볼 수 있는 정진요리!"

"정확히는 한국도 포함됩니다."

"마이 갓, 그러고 보니 어릴 때 아버지 따라 먹어본 적이 있는데, 이런 수준까지는 아니었는데……"

기억을 떠올린 장창뻥이 파르르 떨었다.

"그럼 처음에 먹은 닭고기 파테도?"

친룽이 다시 가세했다.

"맞습니다. 그 또한 고기가 아니었습니다."

"……?"

"파테는 감자와 밤, 콩을 이용해 만들었고 송어의 겉 몸통은 두부껍질, 안의 스테이크는 대두가 원료인 템페와 야자가루, 감자, 두부 등을 이용해 만들었습니다. 소스부터 주요리까지 그 어디에도 동물성 재료는 한 방울도 곁들이지 않았으니 밤샘 게임으로 지쳤을 두 분의 간과 위장에 부담 없는 활력을 주기 위한 선택이었습니다."

"그러니까 이것들이……."

빈 접시를 바라보던 친룽, 목소리를 가다듬고서야 뒷말을 이었다.

"전부 식물성 재료로 만든 거라고?"

떨림은 바로 크리스에게 건너갔다. 그는 격렬하게 고개를 저으며 이의를 제기했다.

"말도 안 되는 소리. 감언이설로 두 분을 속여 호감을 얻으려는 수작 아닌가?"

"그러실 것 같아서……."

장태는 카터의 아랫칸에서 또 한 접시의 송어 스터프를 꺼내놓았다.

"드셔보시죠!"

장태가 권하자 크리스는 거칠게 송어 배를 열었다.

바삭!

소리와 함께 장태의 눈이 소리 없는 불꽃을 뿜었다.

—딱 걸렸어.

그런 눈빛이었다.

송어껍질은 그때까지도 아삭함을 그대로 유지하고 있었다. 마치 약이라도 올리는 듯.

'빌어먹을!'

신경 쓰이는 소리를 뒤로 하고 크리스는 스테이크를 잘랐다.

"……!"

한 점을 밀어넣은 크리스는 혀를 의심했다. 분명 고기 맛이었다. 그러나 되풀이 저작해 보니 고기와는 조금 달랐다. 정확이 말하면 고기 맛 이상이었다. 혀에도 목에도 부담 없는, 그러면서 새끼 양고기의 풍미 못지않게 깊고 부드러운 이 스테이크…….

"거기, 두 분도 같이 확인하시죠."

장태, 복도에서 기웃거리는 두 쉐프를 불렀다. 크리스의 오른팔 왼팔인 아르노와 끌로드. 궁금한 차에 슬쩍 들어와 시식에 동참했다.

아삭!

와삭!

바스락 소리와 함께 접시가 비워졌다. 흔적도 없이 사라진 여분의 송어 스터프. 그걸 보는 장태 입가에 회심의 미소가 번져 갔다.

"확인이 되셨나요?"

장태가 느긋하게 물었다. 미소를 숨긴 목소리는 여전히 공손하고 예의 바랐다.

"허튼 소리. 그럼 저 데미글라스 소스는? 거기에는 당연히 버터와 베이컨이 들어가지 않나?"

두 쉐프를 거느린 크리스가 파테 접시를 가리켰다.

"데미글라스요? 누가 데미글라스라고 했나요?"

"뭐라?"

"쉐프께서 착각을 하셨나본데 저건 데미글라스 소스가 아닙니다. 그 역시 농후한 야채 소스를 베이스로 해서 소량의 태운 간장과 유부, 야자가루를 더해 만들었습니다만."

소스를 모르는 쉐프.

크리스의 이의제기는 그 자신에게 치명적인 결함으로 돌아갔다.

"그럼 스테이크 위에 올린 붉은 가루는? 그건 가재나 새우의 껍질가루 아니었나?"

"미안하지만 식물성 버터로 고구마 껍질과 당근의 색을 가두어 건조시킨 후에 빻아 썼습니다. 원하신다면 확인하셔도 좋습니다."

"……!"

크리스의 동공에 벼락이 스쳐 갔다. 걷잡을 수 없을 정도였다.

침묵!

설전 뒤에 따라온 침묵은 장창뻥이 깨주었다.

"그럼 말이죠, 왜 하필 송어 스터프였는지 물어도 될까요?"

젊은 장창뻥, 호기심 작렬이다. 더불어 그건 장태가 노리는 질문이기도 했다.

"두 분께서 라스베이거스에 오신 이유, 한 단어로 생각해 보았습니다. 송구하지만 친룽께서는 휴식에 더불어 재충전을 위해, 장창뻥께서는 사업의 영감을 얻으러 오신 게 아닐까……"

"……?"

두 귀빈의 시선이 가지런히 모아졌다. 장태가 그들의 목적을 제대로 꿰고 있기 때문이었다.

"두 목적의 끝은 무엇일까요? 재충전과 영감……. 그건 곧 크리에이티브, 즉 창조가 아닐까요?"

꿀꺽!

침 넘어가는 소리가 들렸다. 둘은 장태에게 완전히 몰입되어 있었다.

"창조의 원천은 많겠지만 그중 하나가 왕성한 호기심이라고 생각했습니다. 그렇다면 당연 송어요리죠. 송어는 스쿨링이라고 홍밋거리를 찾아다니는 본능이 강하거든요. 또한 물고기는 우주를 상징하고 복을 가져다주는 동물로 여기기도 하니 여러 모로 적합할 것 같아…….”

“그러니까 요리로 영감까지 주려고 한 거로군요?”

장창뼁이 말했다.

“희망사항이었습니다. 게다가 크리스 쉐프는 원래 고기요리의 달인이시니 저까지 같은 재료로 요리를 해서 위에 부담을 줄 생각은 없었습니다.”

“……!”

친룽과 장창뼁의 시선에 짜릿한 감동이 스쳐 갔다.

“……!”

크리스의 눈은 그들 이상으로 흔들렸다. 절망과 좌절, 그게 그의 눈빛에 불을 놓고 있었다. 장태는 놓치지 않았다. 그의 다리가 훌쩍 풀리는 것을.

하지만!

아직은 팡파르를 울릴 시간이 아니었다.

“두 분, 이제 결정을 부탁드립니다. 오늘 요리 배틀의 위너는 누구인지?”

묻는 장태의 시선은 겸허하면서도 묵직하기 그지없었다.

10장

달콤한 복수

"그건 아직 이르네."

쏘아보던 크리스가 끼어들었다.

"이르다고요?"

장태가 점잖게 응수했다.

"검증을 거쳐야지."

"검증?"

"예로부터 자신의 부족한 실력을 감추기 위해 온갖 화학조미료를 쓰는 사람이 좀 많았나? 그러니 공정한 판정을 위해서도 그건 필수과정이라고 보네만."

"뭘 뜻하시는 건지요?"

"뭐 몇 가지만 알아보면 되겠지. 저급한 MSG라든가 혹은 미약 같은……."

크리스의 입가에 사음한 미소가 스쳐 갔다.

미약!

마약이나 다름없는 표현. 결국 우려하던 단어가 나왔다.

스승의 얼굴이 스쳐 갔다.

그때와 똑같은 수법을 쓰려는 걸까?

'저렴한 인간.'

분노가 치밀었지만 장태는 피하지 않았다.

"좋으실 대로 하시죠."

"당연히 그래야지. 내 VIP들께서는 방금 먹은 요리에 뭐가 들어갔는지 알아야 할 권리가 있으니까."

크리스는 한쪽에 놓인 은 종을 흔들었다.

짤랑짤랑!

종소리는 맑고 고왔다. 소리를 들은 보조 쉐프가 다가왔다.

"이건 각종 저급한 MSG를 탐지하는 분석기입니다. 공정함을 위해 두 분이 직접 수고해 주시면……."

크리스는 두 개의 분석기를 귀빈들에게 내밀었다.

셀프 서비스!

손 안 대고 코를 풀겠다는 걸까?

검사법은 간단했다. 음식 찌꺼기가 남은 접시에 적량의 생수를 붓고 거기에 센서를 대면 끝이었다.

삐삐, 삐이!

5초간의 반응시간 동안 낮은 알람이 울어댔다. 장태와 아드리안의 시선이 분석기로 향했다. 운명을 가름할 반응을 보기 위해.

"블루가 나왔습니다."

크리스의 접시를 검사한 친룽과 장창뻥이 한목소리로 대답했다.

다음에는 장태의 접시.

"역시 블루인데요?"

인공 MSG는 없었다.

"이번에는 미약분석기입니다. 이건 흔한 마약까지도 다 감지해 내는 최신형입니다."

분석기를 바꿔주며 크리스가 말했다.

마약!

거기에 악센트가 실렸으니 크리스의 의도가 선명하게 드러나는 순간이었다.

"이번에는 쉐프 손의 접시부터 해주시죠."

크리스가 장태의 접시를 가리켰다. 그 입가에는 벌써부터 기대감이 가득해 보였다. 또다시 마약으로 장난질을 한 것인가? 장태의 눈은 접시에서 떨어지지 않았다.

삐이, 삐이!

반응시간은 5초.

그 5초 동안 장태와 크리스의 표정은 아주 달랐다. 조금씩 느긋해지는 크리스와 담담한 장태…….

"레드입니다!"

센서가 먼저 작동한 장창삥이 말했다.

레드!

크리스의 눈동자가 쏠리는 게 보였다.

"나도 레드인데?"

친룽도 뒤를 이었다.

"그럼 제 요리는 문제가 없군요."

설명은 크리스가 아니라 장태 입에서 나왔다. 미약을 분석하는 센서. 그건 장태도 아는 장치였다. MSG분석기와는 달리 양성 반응 색깔이 반대로 나오는 것이다.

"……!"

크리스의 이마에 식은땀이 맺히는 게 보였다. 뒤에 버티고 선 두 쉐프 역시 어리둥절한 모습이었다. 그들이 원하는 결과, 그게 나오지 않은 것이다.

"다시 한 번, 부탁드립니다."

크리스는 승복하지 않았다. 결국 두 귀빈은 수고를 더하게 되었다.

"역시 레드입니다."

"어, 나는 블루인데요?"

옆에 있던 장창삥이 다른 말로 소리쳤다.

블루!

크리스의 접힌 주름살이 확 펴지는 게 보였다. 그가 학수고대하던 소리. 그러나 그 기대감은 오래 가지 않았다.

"쉐프 손의 접시가 아니라 크리스 쉐프의 접시에서……."

장창삥, 그의 손은 크리스의 접시 위에 있었다. 성질 급한 그가 크리스의 접시를 먼저 담궈 버린 것이었다.

"크리스 쉐프 요리에서?"

말릴 사이도 없이 친룽도 뒤를 따랐다.

삐이!

5초간의 신호음 후에 나온 색은 눈부신 블루였다. 선명하고 또 선명한!

Blue!

"그럼 크리스의 요리에 미약이 들었다는 겁니까?"

친룽이 크리스를 바라보았다.

"미약이 아니고 마약입니다."

장태도 '마'자를 강조했다.

"무슨 소리를 하는 거야?"

크리스는 단박 핏대를 올리며 받아쳤다.

"아니라는 겁니까?

"당연히! 이건 뭐가 잘못됐어. 잘못됐다고!"

"뭐가 말입니까? 여긴 당신의 주방이고 검사 또한 당신의 제안이었습니다."

"······."

"모르핀이군요. 고기요리에 기름과 섞이면 감쪽같은 마약이죠."

크리스의 접시 물을 맛 본 장태가 말했다.

"닥쳐, 감히 누굴 모함하려는 거야."

크리스가 장태의 멱살을 잡아 세웠다.

"그렇다면 경찰을 불러서 정식 의뢰를 할까요?"

장태는 태산처럼 당당하게 응수했다.

"이······."

"그리고··· 잊으셨나 본데 아직 두 분의 판정이 나오지 않았습니다."

장태는 강력한 아귀의 힘으로 크리스의 손을 풀어냈다.

판정을 부탁합니다.

장태는 묵례로 판정단에게 청했다.

"나는 크리스 쉐프에게 걸었었는데······."

친룽이 주머니에서 노란 칩을 몇 개 꺼내 들었다. 칩을 만지작거린 친룽,

"쉐프 손이 위너라고 생각합니다!"

시선이 장태에게 향했다.

친룽의 판정이 나오자 크리스의 눈길이 장창삥에게 넘어갔다. 장창삥은 그저 어깨만을 으쓱해 보였다. 공감한다는 뜻이었다.

쩌저적!

크리스의 대뇌에 지진가는 소리가 들렸다. 장태의 승리를 알리는 반가운 소리였다.

"고맙습니다."

장태는 두 귀빈을 향해 우아한 답례를 올렸다. 그런 다음,

"이제 우리끼리 정산을 해야죠?"

역시 우아한 목소리로 크리스를 재촉했다.

"건방진!"

주방에 들어서기 무섭게 크리스가 기세를 뿜었다. 적반하장도 유분수라더니 똥 낀 주제에 도리어 분노를 터뜨리는 것이다.

"끌로드!"

"옙!"

크리스가 목청을 높이자 공범 쉐프가 목에 힘을 주었다.

"이놈을 제압하게. 감히 내 앞에서 술수를 썼어."

크리스는 거듭 기염을 토했다.

"건드리지 마!"

장태는 다가서는 두 쉐프를 밀어냈다. 유럽을 떠돌며 산전 수전을 다 겪은 장태였다. 주방이라고 요리만 배우는 곳은 아니었다. 때로는 시비도 붙고 싸움도 일어났다. 심할 때는, 상대를 칼로 찌르는 경우도 있었다. 그런 곳에서 버티다 보니 건장한 남자 몇쯤은 완력으로 제압할 능력이 있었다.

"발악을 하겠다는 거냐?"

크리스가 쏘아보았다.

"루저는 당신이야."

"천만에, 네놈은 내 왕국에서 내 승리를 훔친 거야."

"승복하지 않겠다?"

"말이 되나? 너 따위가 오직 식물성 재료만으로 완벽한 정진요리를 만들어 내다니? 내가 그 꼼수를 밝혀 주마."

"미안하지만 나는 꼼수 같은 거 안 쓰거든."

"닥쳐. 네놈은 마약을 썼어. 그러고는 교묘하게 나에게 덮어씌운 거야."

"어째서 그렇게 생각하는 거지?"

"네놈 스승이란 작자가 그런 인간이니까. 그 밑에서 배운 게 뭐가 있을까?"

"셧 업!"

결국 장태도 목청을 높이고 말았다. 다른 건 몰라도 스승을 모욕하는 건 참기 힘들었다.

"아니다?"

"증거가 있거든. 보여줄까?"

"증거?"

장태는 주방 구석에 장착해 두었던 핸드폰을 집어 들었다. 동영상은 지금도 돌아가고 있었다.

"일단 당신 인간성이 더러운 거 같으니 내 후원자 아드리안에게 전송하고 보자고."

장태는 안전장치부터 시행했다.

"이제 보시지!"

전송 완료!

전송을 끝낸 장태가 화면을 내밀었다.

"......?"

화면을 지켜보던 크리스와 아르노의 눈이 휘둥그레졌다. 중간 쯤 부분에서 아르노가 보인 것이다. 그는 장태가 요리에 집중하는 사이 플레이팅용으로 골라둔 접시를 같은 접시로 바꿔치고 있었다.

"......!"

크리스는 한 번 더 놀랐다. 지금까지는 아르노가 뭔가 실수를 저질렀나 생각하던 그였다. 그런데 아니었다. 아르노는 마약을 살짝 묻힌 접시 바꿔치기 미션을 제대로 수행했다.

그런데······.

그런데 어떻게?

"궁금하지?"

접시 하나를 집어든 장태가 허공에서 손을 놓았다.

쨍그랑!

장태의 입가에 냉소가 번져갔다.

'접시?'

크리스는 미간을 찡그렸다. 그러고 보니 그 소리는 아까도 들렸다. 똑같은 접시로 바꿔치기한 아르노가 장태 자리에서 집어오던 접시를 깨뜨리던 소리.

쨍그랑!

이유가 있었다. 장태가 기름을 발라두었기 때문이었다. 역사는 그때 바뀌었다.

사실 장태는 신경을 집중하고 있었다. 이미 스승에게 전과를 범한 크리스가 아닌가? 아르노가 지나가나싶을 때 마약 냄새가 감지되었다. 접시 바꿔치기는 모르는 척했다.

하지만 아르노가 접시를 깨는 순간, 크리스의 주의력이 흐트러진 그 찰나에 크리스의 플레이팅 접시에 마약가루를 뿌려놓았다. 그리고 나서 플레이팅 직전에 장태의 접시에 뿌려진 마약을 닦아냈던 것. 그 또한 이사벨의 마약을 이용한 되갚음이었다.

하지만 화면에는 그런 모습이 나오지 않았다. 그저 장태의 테이블이 잠시 비어보일 뿐.

"이놈이……."

크리스는 더욱 핏대를 올렸다.

"아아, 넘겨짚지 마시지. 내 생각에는 당신의 못된 손버릇에 대해 하느님이 천벌을 내린 거라고 보는데……."

"닥쳐!"

후려치는 크리스의 손을 장태가 허공에서 잡아챘다.

"으헉!"

꺾기에 제압당한 크리스의 입에서 신음이 나왔다. 장태의 그 반대편 손에는 어느새 육중한 타오가 들려 있었다.

"……!"

오싹한 살광을 느낀 크리시의 얼굴이 사색으로 변했다.

"기억하지?"

장태의 목소리는 저승사자의 그것처럼 섬뜩하게 들렸다. 크리스는 피가 얼어붙는 것만 같았다.

"내 스승의 팔목을 자르던 그 순간."

"으으……."

"전광석화였다고 들었다."

그 말과 동시에 장태의 오른손이 허공으로 올라갔다.

츄릿!

전광석화!

그 단어는 정말 있었다. 크리스는 몸소 그 순간을 체험했다. '안 돼'라고 말하기도 전이었다.

터엉!

긴 울림이 크리스의 의식을 흔들고 지나갔다. 혼비백산한 채 손목을 바라보는 크리스. 타오는 팔목 뼈에 닿을 듯 아슬아슬하게 꽂혀 있었다. 안도하는 것도 잠시. 뒤를 이어, 이번에는 크리스의 클리버가 허공을 갈랐다.

서걱!

조금 전과는 달리 살 베는 소리가 뒤를 이었다.

"……?"

크리스는 집중했다. 내 손……. 대체 무슨 일이 일어난 걸까? 꿈틀 근육이 움직이자 피가 폭포를 이루며 거꾸로 솟았다.

선명한 피보라…….

꿈…….

꿈이 분명해.

그는 자위했지만 착각이었다. 잘리지는 않았다. 자신의 칼이 손목을 파고들어 인대만을 정교하게 끊어버린 것이다. 주변 핏줄이 터지며 피가 미친 듯이 뿜어 나왔다.

"우어어……."

"그건 내 스승인 쉐프 강의 몫. 그리고 이건!"

부욱!

크리스의 클리버가 한 번 더 허공을 갈랐다.

"……!"

혼비백산한 크리스의 눈은 지진이라도 난 듯 울컥거리고 있었다. 다시 한 번 번득인 지옥. 클리버를 찍은 건 같은 자리였다.

"숨바와 여러 동양인 쉐프들의 것, 아쉽게도 내게 복수를 일임하지는 않은 까닭에 경고만……."

장태는 클리버를 들어냈다. 피에 젖은 칼을 크리스 눈앞에 들이밀자 한없이 벌어진 크리스의 입에서 짐승 같은 신음이 밀려나왔다.

크리스의 두 손목을 다 자르고 싶었던 장태.

하지만 알고 있었다. 스승의 마음이 거기 있지 않은 것. 스승이 원하는 건 하나였다. 크리스에게 요리의 진수를 보여주는 것. 그 스스로 만들레이 베이의 총주방장 감이 아니라는 걸 각성시키는 일. 그걸 알기에 장태, 참고 또 참았다.

그렇지만,

이혈세혈(以血洗血)!

어쭙잖은 용서 따위를 남발할 생각은 없었다.

같은 방식!

그렇게 돌려줄 생각이었다. 스승이 당한 그 방식 그대로.

"뭐하나? 당신들, 셋이 공범 아니었어?"

엉거주춤하는 두 쉐프를 장태가 다그쳤다. 둘은 하얀 흡수지를 가져와 필사적으로 크리스를 지혈했다. 장태는 거머쥐고 있던 크리스의 멱살을 놓아주었다.

"어어어……."

크리스의 비명은 그제야 높아졌다. 절정의 순간이 지났는지 아주 높지는 않았다. 그저 눈을 허옇게 뒤집고, 목이 잘린 숭어처럼 펄떡 경련할 뿐이었다. 어느 정도 지혈이 되자 장태는 남은 집행에 나섰다.

퍽! 퍽!

이번에는 짧고 간결한 두 번.

초콜릿 타르트처럼 달달한 소리였다.

"……!"

손등을 거머쥔 두 쉐프가 질겁을 하며 물러섰다. 크리스만큼은 아니었지만 결코 제정신은 아니었다. 사이좋게 손등을 찍힌 것이다. 공범이기에 그들에게도 경고를 안겨준 장태였다.

'그럼 이제 짜릿한 마무리를 시작해 볼까?'

타오에 튄 피를 닦아낸 장태, 주머니를 뒤적였다. 크리스 일당의 최후를 장식해 줄 선물이 남은 장태였다.

*　　　　*　　　　*

"이놈……."

비틀거리던 크리스는 끝내 벽에 달린 비상벨을 울렸다.

탁탁탁!

요란한 발소리와 함께 경비원들이 주방으로 뛰어들었다.

"크리스 님!"

선연한 피에 놀란 경비원들이 테이저건을 뽑아들었다.

"저놈 잡아……."

크리스는 이빨을 다닥거리며 장태를 가리켰다.

"아아, 지명도 있으신 분이 흥분하지 마시고……."

장태는 다가서는 경비원들에게 타오를 겨누었다. 경비원들은 한발 물러서며 발사 자세를 갖췄다.

"정 억울하면 경찰을 부르자고. 신고는 내가 해드리지."

장태는 야수의 눈빛으로 핸드폰을 들어보였다. 흔들림은 조금도 없었다.

신고!

크리스가 주춤거렸다. 복잡해질 일이었다.

밖에는 빅 게이머들이 둘이나 증인으로 있었다. 그들은 크리스의 접시에서 마약이 나오는 걸 보았다. 신뢰할 만한 사회적 입지를 가진 두 사람의 증인. 경찰이 들이닥치면 마약 요리라는 게 만천하게 밝혀질 일이었다. 더구나 마약은 크리스의 지시로 사전에 준비했던 것.

더불어!

크리스가 누군가? 만들레이 베이의 총주방장만이 아니었다. 그는 부사장 직함에 더불어 지분을 가지고 있었다. 그러니 제 입으로 카지노의 매출을 벼랑으로 밀어 넣는 짓을 하기는 쉽지 않았다.

'젠장!'

망설이는 사이에 장태의 타오가 부웅 허공을 갈랐다. 경비원들은 두어 걸음 더 물러섰다.

부웅!

한 번 더 같은 일이 일어났다. 경비원들은 크리스를 돌아보았다.

지시!

그게 필요했다. 하지만 크리스는, 그 어떤 후속 조치도 내리지 못했다.

"어이, 마약 쉐프!"

고민하는 크리스에게 장태의 묵직한 목소리가 날아갔다.

"나라면 일단 병원으로 달려갈 것 같은데……."

"……."

"아닌가?"

크리스는 말뜻을 알아들었다. 붉게 물들어 버린 손목과 옷. 더 피를 흘리면 쇼크가 올 수도 있었다. 그러니 무엇보다 응급조치가 급한 일이었다.

"앰뷸런스……."

크리스는 결국 장태의 충고를 받아들였다.

"아, 그 전에 이 친구들도 내보내셔야지."

장태가 덧붙였다. 크리스는 통증을 참으며 간신히, 경비원들에게 턱짓 지시를 내렸다. 경비원들은 주저주저 주방을 나갔다.

"으……."

고통에 겨운 크리스는 결국 바닥에 주저앉고 말았다.

"저런, 내가 도와드리지."

장태가 다가섰다.

"으……."

크리스는 고개를 저었지만 맥이 풀린 몸이라 장태를 거부하지는 못했다.

"이 분야 선배라서 돕는 거야. 조금 있으면 통증이 가실 테니까."

마무리 프로그램 실시!

장태가 꺼내든 건 남은 마약이었다.

"……!"

불안을 느낀 크리스는 자기 손으로 입을 막았다. 먹이려는 줄 안 모양이었다.

"내숭은……. 이건 당신 지혈용이야."

장태는 남은 마약을 크리스의 상처 위에 뿌려주었다. 그리고 마치 연인에게 하듯 달콤한 속삼임을 건네주었다.

"맛이 어때?"

"……?"

"아까 먹은 거 말이야? 마약……."

'아까?'

시간을 더듬어가던 크리스, 아까 먹은 장태의 요리가 떠오르자 심장이 쿵, 멈춰 버렸다.

"이놈……."

"진짜 내숭 한 번 끝내주시네. 아까는 셋이 잘도 먹더니……."

"……?"

크리스의 두 눈이 뒤집히는 게 보였다. 아까 장태가 건네준 여분의 송어 스터프. 그게 바로 진짜 마약요리였다. 고소한 버터를 잔뜩 녹여 감춘 맛. 믿기지 않은 마음에 싹 비워낸 접시. 보통 때 같으면 뭔가 이상한 걸 느꼈겠지만 그럴 겨를도 없었다. 흥분한 크리스와 두 쉐프, 장태의 페이스에 빠졌던 것이다.

"이……."

크리스는 때늦게 치를 떨어보지만 소용없는 일. 상황은 모두 장태의 편. 마약은 벌써 배에서 피가 되고 살이 되는 과정에 있을 일이었다.

"판단 잘하시라고. 여차하면 라스베이거스 경찰국에 제보를 할 수도 있거든."

상습 마약 복용에 요리에 마약을 섞는 쉐프들!

그것도 책임자급의 셋!

크리스의 귀에 또박또박 강조해 주었다.

그건 진정한 선물이었다. 빼도 박도 못할 일. 어디서든 검사를 하면 명백한 증거로 남을 일이었다.

장태는 이사벨의 마약을 보는 순간 그 프로그램을 만들었다. 크리스가 스승에게 마약 올가미를 씌워 손목을 잘랐듯이 마약으로 후환을 막았던 것이다.

"다음부터는 마음을 곱게 쓰셔."

요!

늦게나마 가지런히 존댓말을 붙인 장태, 크리스에게 윙크를 남겨주고 유유히 주방을 나섰다. 미칠 듯이, 시원했다.

"쉐프 손!"

VIP 룸에 들어서자 친룽과 장창뺑이 고개를 들었다.

"덕분에 크리스 쉐프와의 정산이 잘 끝났습니다."

장태는 정중한 묵례로 마지막을 장식하고 돌아섰다.

"쉐프 손!"

장창뺑이 장태를 불러 세웠다.

"하실 말씀이라도?"

"이걸 가져가세요."

그가 내민 건 카지노에서 바꿔온 현금 보관증이었다.

'2만 불?'

가지런한 동그라미 네 개. 아마 두 사람이 내기를 건 돈을 다 안겨주려는 모양이었다.

"덕분에 많은 걸 배웠습니다. 더구나 오늘 우리의 행운까지 예지해 주었으니 요리값은 치러야죠."

"저는 이미 두 분께 대가를 받았습니다만."

장태가 웃었다. 스승의 복수, 그 역사적 현장에서 증인이자 참관보증인 역할을 해준 두 사람이었다. 그 정도면 충분하고도 남았다.

"무슨 뜻인지는 모르지만 내 입장은 그렇지 않습니다. 받아주세요!"

장창뻥은 정중하면서도 밝았다.

"어서요!"

계속 재촉하는 걸보니 인사로 하는 말도 아니었다.

"그럼 미래의 제 테이블에 예약 선불을 받은 걸로 하겠습니다."

장태는 더 사양하지 않았다. 빅 게이머라면 이만한 여유 정도는 있을 사람들이었다.

"저 친구 말이야……."

장태가 사라지자 친룽이 입을 열었다.

"멋지죠?"

"그러게 말이야. 어쩐지 우리보다 더 큰 판을 벌인 배포 같

310 궁극의 쉐프

지 않아?"

"그러게 말입니다."

"가만, 요리의 약빨이 2시간쯤 후라고 했지?"

"예!"

"가서 샤워나 하고 게임 룸으로 가자고. 왠지 기대감 만땅이란 말이지."

"또 하시게요?"

"왠지 확인하고 싶단 말이야. 미치도록!"

친룽은 서둘러 자리를 일어섰다.

"선생님!"

복도로 나온 장태는 스승 앞에 섰다. 스승은 말없이 장태를 바라보았다. 그런 다음, 그의 손목부터 덥석 부여잡고 확인했다.

"제 손은 무사합니다."

장태가 말했다. 안으로 떨리는 목소리는 애써 감췄다. 긴 광풍의 끝. 그건 장태에게도 결코 쉬운 일은 아니었다. 만들레이 베이의 총주방장. 그런 자와 맞짱을 뜨는 게 어디 요리학교 조별 과제 따위와 댈 일인가?

"그럼?"

"여기……."

고개를 든 스승에게 타오를 내밀었다. 타오의 칼날에는 피의 흔적이 있었다. 그와 동시에 호텔을 뒤흔드는 앰뷸런스 소리가 들려왔다.

띠뽀띠뽀!

스승은 그것으로 알았다. 주방 안에서 무슨 일이 일어났는지.

"자네가 이겼군?"

"아뇨!"

장태는 고개를 저으며 말꼬리를 붙였다.

"선생님이 도둑맞은 승리와 명예를 찾아온 것뿐입니다."

"손 쉐프······."

"그리고 선생님의 빌미가 된 마약도 그대로 갚아주었습니다."

"······?"

"거두어 주시고, 가르쳐 주시고 믿어주셔서 고맙습니다."

장태, 시큰해진 콧등을 감추기 위해 고개를 숙였다.

"결국 해냈군."

스승의 목소리도 젖었다. 허공으로 올라간 그의 눈동자가 비로소 걱정에서 벗어나고 있었다. 순간, 툭 하고 타오 끝에 숨어 있던 핏방울이 떨어졌다. 닦느라고 닦았지만 남은 게 있었던 모양이었다.

"잘랐나?"

스승이 물었다.

"······."

"잘랐군."

"선생님이 원치 않는 것 같아 그냥 기분만 내보았습니다."

"잘했네. 크리스와 똑같이 놀면 안 되지."

"……."

"가세!"

침묵하던 스승이 자리에서 일어섰다.

"선생님!"

장태가 입을 열자 스승이 걸음을 멈췄다.

"한 번 더 고맙습니다."

"뭐가 말인가?"

"제게 선생님의 대리전을 맡겨주셔서……."

"고마운 건 나라네. 자네 같은 사람을 제자로 두는 영광을
안겨줬으니……."

"그래서 말인데요. 선생님!"

"……!"

"한 번만 더 저를 믿어주셔야겠습니다."

"응?"

"선생님의 목숨……."

장태는 잠시 쉬었다가 남은 말을 이었다.

"제게 맡겨주십시오."

"내 목숨?"

"예!"

"얼마 남지 않은 내 목숨 따위가 자네에게 필요하단 말인가?"

"예!"

"……."

"원하면 가지게. 어차피 자네가 연명시키고 있는 몸이니 자네 요리 공부에 필요하다면."

"반드시 필요합니다."

선생님과!

요리 세상을 함께 걸어가고 싶거든요.

그 말은 안으로 넘겼다.

"이제 됐나?"

"예!"

"그럼 가세나."

"이거……."

장태가 내민 건 장창뺑이 준 2만 불짜리 현금보관증이었다.

"2만 불?"

"대결을 수락하고 심사한 사업가들께서 음식값으로 준 것입니다."

"그걸 왜 내게?"

"이 대결의 모든 것은 선생님이 원초시니까요."

"그건 자네 몫일세."

"선생님!"

대화를 주고받는 사이에 복도가 요란해졌다. 구급대원들이 들이닥친 것이다. 주방문으로 크리스가 실려 나오는 게 보였다. 그의 두 쉐프도 구급대원에게 부축되어 나왔다.

"남은 대화는 돌아가서 계속하는 게 좋을 듯싶네만."

스승이 상황을 정리했다.

"그러죠."

장태는 토를 달지 않았다.

바깥 공기는 시원했다.

로비를 나오자 다른 세상으로 느껴졌다. 하지만 거기서도 긴장을 죄다 풀지는 못했다. 크리스 일을 보고 받은 경비팀이 총출동을 한 것이다.

"꼼짝 마!"

두 줄로 늘어선 경비원들이 테이저건을 겨누었다.

"우리가 조금 늦었군."

스승이 담담하게 말했다. 경비원들 뒤로 로이가 다가오는 게 보였다. 만들레이 베이의 회장. 그래도 장태는 쫄지 않았다. 실은 장태가 기다리던 순간이었다.

"이게 누구신가?"

로이가 스승을 보며 말했다.

"오랜만이군요."

"게임을 하러 온 것 같지는 않은데?"

"크리스를 만나고 가는 길입니다."

"손을 다쳤다는 말을 들었는데?"

"좀 다쳤지요."

"우리 크리스 말이야."

우리 크리스.

그 한마디가 변한 세상을 대변해 주었다. 로이는 이제 크리스의 편이었다.

"주방은 위험이 있는 곳, 때로는 사고도 나는 법입니다. 기름, 불, 칼……."

"세 명이나 말이지?"

"예!"

스승은 흔들림 없이 응수했다.

"그 친구는 누군가?"

로이가 물었다. 그는 크리스와의 배틀 사실을 모르는 눈치였다. 그러니까 이번 일은, 오로지 크리스의 주관으로 일어났다는 의미였다.

"저와 같이 요리를 공부하는 쉐프입니다."

〈같이.〉

스승의 인품은 거기서도 빛을 발했다. 장태를 동등한 위치에 올려준 것이다.

"보고에는 크리스와 함께 있었다고 하던데?"

"……."

"내 호텔에서는 소란을 부리면 안 되네."

"손 쉐프는 소란을 부리지 않았습니다."

"목격한 경비원들이 있다는 보고도 받았네만."

"죄송하지만……."

그쯤에서 장태가 말문을 트며 들어왔다.

"자세한 상황은 크리스 쉐프에게 확인하심이."

"크리스?"

로이의 시선이 천천히, 장태에게 건너왔다. 내로라하는 호텔의 수장인 로이. 거물답게 그 눈빛은 빈 곳이 없었다.

"내가 왜 자네 말을 따라야 하나?"

로이의 눈두덩에 힘이 들어가는 게 보였다.

"저도 믿기 어려운 일을 겪어서 그렇습니다."

장태는 겸허하게 응수했다.

"……?"

"매사 마약에 의존하는 사람들 말입니다. 노숙자 쉼터에만 있는 게 아니더군요."

"크리스를 두고 하는 말인가?"

"한 사람이 아닙니다. 그러니 병원에 확인하심이……."

"이 친구……."

로이의 눈매에 힘이 들어갈 때 우군이 등장했다. 아드리안이었다, 그의 등장은 앰뷸런스 못지않게 빠르고 역동적이었다.

끼아아악!

초대형 화물트럭 두 대가 동시에 천둥소리를 내며 급정거를 한 것이다.

"……!"

천하의 로이도 돌아보지 않을 수 없었다. 금빛 찬란한 만들레이 베이 호텔 앞. 그 장엄한 위용을 땟물 절은 화물차들이 망치고 있었다.

선두의 트럭에서 아드리안이 내리는 게 보였다. 천천히, 아주 천천히였다. 그가 대지를 딛자 아는 얼굴들이 병풍처럼 뒤를 받쳤다. 루퉁과 림뽀……. 장태는 마음이 놓였다. 비록 노숙자들이지만 지금 이순간만은, 네이비실이나 델타포스에 못지않아 보였다.

"아드리안!"

로이는 유유히 걸어오는 아드리안을 바라보았다.

"웬일이신가?"

"제 친구를 픽업하러 왔습니다만."

"픽업?"

"데려가도 될까요? 아무래도 우리 차들이 로비와 썩 어울리지는 않는 거 같아서……."

"……"

"게다가 요즘 대형 트럭들이 급발진 사고가 잦다는군요."

아드리안은 정중하지만 목소리는 의미심장하게 들렸다.

급발진.

저 초대형 화물트럭이 여기서 급발진 사고를 낸다면?

"으음……"

잠시 트럭을 바라본 로이가 비서에게 손을 내밀었다. 비서
는 그 손에 전화기를 안겨주었다.

"나 로이요. 닥터 좀 부탁합니다."

병원에 전화를 건 로이, 얼마간 기다리더니 사색이 되고 말
았다.

"틀림없소?"

"셋 다 말이오?"

되묻는 한마디에서 장태는 상황을 읽었다. 크리스에게 선물
한 마지막 프로그램이 발현된 것. 하나도 아니고 셋이었다. 호
텔 회장이 아니라 미국 대통령이라고 해도 믿지 않을 도리가
없었다.

"직원들 보고에 착오가 있었던 모양이군. 친구를 데려가시오!"

로이가 두툼한 목덜미를 까닥하자 경비원들이 썰물처럼 물
러섰다.

"고맙습니다."

아드리안이 묵례로 답례를 했다.

"You are welcome."

로이는 구겨진 얼굴로 인사를 받았다.

"쉐프 손!"

상황이 정리되자 손리가 튀어나왔다.

"손리!"

"이겼어요?"

장태는 묻는 손리의 입에 남은 사탕 하나를 밀어 넣었다.

"이겼군요?"

"그래."

장태가 웃었다.

"으아악!"

손리는 아프리카 가젤처럼 튀어 오르며 장태 품에 안겼다.

"특급 호텔 앞에서는 매너를 지켜야지. 안 그러면 로이 회장님 마음이 변할지도 몰라."

장태가 조용히 웃었다.

『궁극의 쉐프』 2권에 계속…

검자 新무협 판타지 소설
FANTASTIC ORIENTAL HEROES
목탁
해적으로 바다를 누비던 청년,
절해고도에 표류해… 절대고수를 만나다!
"목탁은 중생을 구제하는
좋은 이름일세."
더 이상 조무래기 해적은 없다!
거칠지만 다정하고, 가슴속 뜨거운 것을 품은
목탁의 호호탕탕 강호행에
무림이 요동친다!
Book Publishing CHUNGEORAM
www.chungeoram.com

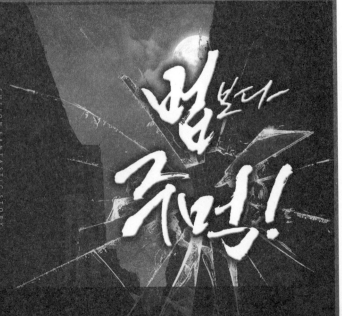